清代古诗选本概述

张庭铭　著

武汉出版社
WUHAN
PUBLISHING HOUSE

绪　论

第一节　选题缘起

"选本"是指选家按照一定的选择目的，遵循一定的选录标准，在一定的范围内，遴选出相应的作品编辑而成的书。在中国古代文学批评的诸多样式中，选本既是十分重要，又是比较特殊的一种文学批评样式，它通过汇集各家、各派的名作佳什，生动再现了特定历史时期内文学的原始风貌。王瑶在《中国文学批评与总集》中强调：研究文学批评不应仅以"诗文评"类著作为据，还应该研究对读者和作者有极大影响的文学选本。[①] 朱东润主张评价古人文学批评的成就，其一就是要考察"甄采诸家"之选本。[②] 蒋寅也指出："选本收录的作品出自选家的自觉选择，当

① 王瑶：《关于中国古典文学问题》，古典文学出版社，1956，第45～50页。

② 朱东润：《中国文学批评史大纲》，上海古籍出版社，2001，第3页。

然集中体现了他的趣味和价值观，而个体的审美情趣和价值观从来就不是绝对主观、绝对属于个人的，它必然反映着一个时代一部分人的好尚。事实上任何以主观形式表现出来的评价与选择都带有不同程度的普遍性，显示一定的接受状况。因而，研究一些有代表性的选本表现出的倾向，不仅可以直面一个时代的文学创作，同时还能洞悉当时的文学批评，了解时人的审美趣味与价值标准。”[①]他们均对选本的批评价值给予了充分肯定。渗透了编选者强烈的文学审美观念的选本，对于还原当时的文学理论生态具有较高的文献参考价值；由于选家注重入选作品典型性、思想性和艺术性的高度结合，故选本对文学创作亦具有十分重要的指导意义。

所以，对选本进行系统的整理和深入的研究，具有一定的学术价值。近年来学界对其关注颇多，研究成果丰硕。清代是选本的繁荣期，从《四库全书总目》和《续修四库全书总目》的著录来看，清代的选本尤其是诗歌选本，无论是在数量上还是在质量上，都大大超过前代。

本书以清代的古诗选本为研究对象。古诗，在中国古代文体论中有两个概念：一是指相对于近体诗而言的一种诗体，即古体诗，它既包括近体诗格律形成之前的诗作，也包括近体诗格律已经形成，但并不遵从其格律，或有意模仿唐代以前诗歌形式而写成的那部分诗作；另一个概念则是专指唐代以前的诗作。本

① 蒋寅：《大历诗风》，凤凰出版社，2009，第8页。

文所说的古诗选本，从严格意义上来说，是指以唐代以前诗歌作为编选对象的选本，如南朝梁徐陵编选的《玉台新咏》，明代钟惺、谭元春编选的《古诗归》，清代沈德潜编选的《古诗源》等。但有些古诗选本虽然以唐代以前诗歌为主，所选范围又不止于唐代以前的诗歌，还包括了唐代以后的诗歌，如明代李攀龙编选的《古今诗删》，除唐代以前的古诗外，还选录了唐和明两代的古诗，又如清代王士祯编选的《五言古诗选》，除收录唐代以前的古诗外，还选录了唐代陈子昂、张九龄、李白、韦应物及柳宗元等五人的五言古诗，这样的古诗选本，虽非本文所说严格意义上的古诗选本，但一则它们所选主要以唐代以前的古诗为主，二则这些古诗选本所反映的编选者关于古诗的理论主张和审美倾向，对于我们理解特定时期的文学思潮、文学流派，以及文学理论的丰富性都有着重要的参考意义，故亦不能将之排除在研究视野之外。

清代的古诗选本数量众多，目前笔者调研的有50余种，重要的有陈祚明《采菽堂古诗选》，吴淇《六朝选诗定论》，王夫之《古诗评选》，王士祯《五言古诗选》，沈德潜《古诗源》，张玉榖《古诗赏析》，王尧衢《古诗解》，金圣叹《唱经堂古诗解》，李光地《榕村诗选》，刘大櫆《历朝诗约选》，王闿运《八代诗选》，李因笃《汉诗音注》和《汉诗评》，曾国藩《十八家诗钞》，魏源《诗比兴笺》，顾有孝《乐府英华》，闻人倓《古诗笺》（王士祯选，闻人倓笺），曹锡宝《古诗约选》，吴汝纶《古诗钞》和《汉魏六朝百三家集选》，吴闿生《古今诗体约选》，成书《多岁堂古诗存》，张琦《宛邻书屋古诗录》(清志作《古诗录》),周贞亮《汉魏六朝诗三百首》,季贞《汉魏诗选》(又作《汉魏六朝诗选》),钮孝恩《汉魏诗钞》,胡凤丹《六朝四家全集》,戴明说、范士楫、魏允升同选《历代诗家》,范大士评选、王仲儒同辑《历代诗发》,陆奎勋《八代诗揆》,张守《八代诗淘》,杨逢辰《建安七子集》,卓尔堪《三家诗》(又作《合刻曹陶谢三家诗》),姚培谦《陶谢诗集》,钱二白《容与堂汉诗释》(又作《汉诗释》),李兆元《诗笺三种》(分别为《古诗十九首附笺》《苏李诗笺》《渔洋秋柳诗笺》),朱嘉征《诗集广序》和《乐府广序》,杜文澜《古谣谚》,朱乾《乐府正义》,曾廷枚《乐府津逮》,庄述祖《汉短箫铙歌曲句解》(又作《汉铙歌句解》),陈本礼《汉乐府三歌笺注》和《汉诗统笺》,王先谦《汉铙歌释文笺证》,顾大申《诗原》,吴季长《延陵书塾合璧四卷》(录简文江淹二家诗),费锡璜和沈用济《汉诗说》,饶学斌《月午楼古诗十九首详解》,范良《诗苑天声》,朱绪曾《曹集考异》,丁晏辑《枚叔集》,丁晏诠评《曹子建集》,冯舒《冯氏校定玉台新咏》,陶澍集注《靖节先生集》,陶澍编纂《诸本评陶汇集》,吴兆宜注《玉台新咏》(南朝陈徐陵辑,清程际盛删补),丁福保编《汉魏六朝名家集初刻》等。这些选本有很高的文献学价值和重要的理论意义,在中国古代学术史、文艺理论发展史、文学批评史上应占有一席之地。

第二节 研究现状与反思

自20世纪80年代开始，选本研究已逐渐成为学界的一大热点，硕果累累。仅就清代而言，就涌现出大批成果。专著如[日]松村昂《清诗总集131种解题》(日本中国文艺研究会印行，1989年版)，谢正光、佘汝丰《清初人选清初诗汇考》(南京大学出版社，1998年版)，潘承玉《清初诗坛：卓尔堪与〈遗民诗〉研究》(中华书局，2004年版)，于翠玲《朱彝尊〈词综〉研究》(中华书局，2005年版)，贺严《清代唐诗选本研究》(人民出版社，2007年版)，闵丰《清初清词选本考论》(上海古籍出版社，2008年版)，王炜《〈清诗别裁集〉研究》(上海古籍出版社，2010年版)，韩胜《清代唐诗选本研究》(中国社会科学出版社，2010年版)，谢海林《清代宋诗选本研究》(上海古籍出版社，2011年版)，刘和文《清人选清诗总集研究》(安徽师范大学出版社，2016年版)，付琼《清代唐宋八大家散文选本考录》(商务印书馆，2016年版)，谢海林《清人宋诗选与清代文化论稿》(人民出版社，2018年版)等；博士论文如孟伟《清人编选的文章选本与文学批评研究》(复旦大学2006年博士学位论文)、李睿《清代词选研究》(华东师范大学2006年博士学位论文)、王兵《清人选清诗与清代诗学》(北京语言大学2009年博士学位论文)、高磊《清代宋诗选本研究》(苏州大学2010年博士学位论文)、陆学松《清初尺牍选本研究》(扬州大学 2018 年博士学位论文)等,均为力作。单篇论文,更是不胜枚举。这些清代各类选本的研究力作,对清代古诗选本的研究有着很大的借鉴意义。

相对于清代选本研究一派热闹、成果丰硕的整体形势而言,其中有关清代古诗选本的研究却相对薄弱,学界迄今对此的研究成果主要集中在几部重要的选本和几位重要的选家上。以选本而言,如以陈祚明的《采菽堂古诗选》,专著仅有宋雪玲的《陈祚明〈采菽堂古诗选〉研究》(社会科学文献出版社,2016 年版),还有一些单篇论文,涉及这部选本的诗学体系、诗学理念,选家的批评思想与方法等诸多方面,是清代古诗选本中研究成果相对较多的一部。以选家而言,对王夫之、王士祯、沈德潜的研究成果较多,有黄河的《王士祯与清初诗歌思想》(天津人民出版社,2002 年版)、王宏林的《沈德潜诗学思想研究》(人民出版社,2010 年版)等几部专著;单篇论文数量较多,但多数从这几位的诗人及诗学理论家的身份出发,研究其诗学思想,而不是把他们作为选家来研究。相关博士论文也很少,景献力的《明清古诗选本个案研究》(福建师范大学 2005 年博士学位论文)选取了八部明清两代比较有代表性的古诗选本作为研究对象,通过对它们所确立的评价基准和最佳典范的分析,从更细致的层面来探讨明清两代人关于古诗的理论主张。其中,清代的古诗选本有陈祚明的《采菽堂古诗选》、吴淇的《六朝选诗定论》、王夫之的《古诗评选》、王士祯的《五言古诗选》及沈德潜的《古诗源》。通过对这五部古诗选本的探讨,来研究五位选家的诗学主张。由于此文着重于个案研究，所以对一些前人较少注意的地方有更为细致和深入的分析，在具体的论述过程中，对于不同时代古诗选本的特色，古诗选本与文学思潮、文学流派的关系等问题都有不同程度的涉及。因是个案分析，所以缺乏对清代古诗选本全貌的宏观研究；重视选家诗学理论的阐释，文献挖掘整理的深度与广度都还不够。总体来说，现有的研究成果主要围绕着以下两个方面来探讨：

一、文献考订。单篇论文有张伟的《〈采菽堂古诗选〉的命名及成书过程研究》，考证出原著书名并非《采菽堂古诗选》，书名并非由陈祚明生前亲定，而是由刊刻者翁嵩年依据陈祚明书室名"采菽堂"拟定的。陈祚明以"采菽"命堂的原因与陶渊明归隐的心态非常接近。《采菽堂古诗选》评选的时间起点不晚于顺治十二年(1655 年)，止于康熙十四年(1675 年)春，编选过至少三次。还有对《诗比兴笺》作者的考证。关于《诗比兴笺》一书的作者问题，李瑚早在 20 世纪 80 年代就曾作过考证和论说，论定此书实系魏源所作，是魏源"以笺古诗三百篇之法，笺汉魏唐之诗"的《诗古微》的继续，只是后来为陈沆之子"遂其孝思"，才假托陈沆所作，署名陈沆而刻印成书。顾国瑞的《〈诗比兴笺〉作者考辨——兼谈北大图书馆藏邓之诚题跋〈《诗比兴笺》原稿〉》，以及夏剑钦的《〈诗比兴笺〉作者归属问题补证》和《〈诗比兴笺〉确系魏源所著》均对此进行了厘清，认为此书作者是魏源。唐飞凤、黄建军的《魏源〈诗比兴笺〉稿本与刻本之比较》将现存的稿本和刻本两种版本进行比较，通过对其正文、序、诗注、笺语各处增删润色的研究，得出结论：两种版本实出于一人之手，即为魏源所作。此外，还有孙艳庆的《闻人倓〈古诗笺〉正误一则》，对《古诗笺》选录的南朝梁诗人范云《登城怨》诗中“楚妃歌修竹，汉女奏幽兰”二句的笺注进行正误；张树国的《〈汉铙歌十八曲〉集释》，以明清时期数家重要的汉乐府注本为依据，结合今人研究成果，折中疑义、采择善说，更为集释；高磊的《姚培谦家世生平考论》和王利民的《李兆元家世和生平考》则是对选家的生平进行了考论，为后来者的研究提供了极大便利。

二、文学批评。清代古诗选本的编撰与清代的诗学思潮密切相关，这方面的研究成果并不多。学界关注最多的仍然是《采菽堂古诗选》。袁琳、满嘉琪的《近十五年来〈采菽堂古诗选〉研究综述》梳理了近十五年来（1999—2013）学界对《采菽堂古诗选》的研究。这些研究包括作者生平著作交游考证、选诗标准、诗学主张、编选意图及影响，作者地位及选本特色的重新发现与定位，个案对比和细化研究等方面，从宏观上把握了该选本的研究现状，卓有洞见。蒋寅的《一个有待于重新认识的批评家——陈祚明的先唐诗歌批评》则关注陈祚明作为批评家的素质，包括诗学观念的包容性、富有历史感的批评眼光，基于比较的批评方法及细腻的审美味觉，审视陈祚明的批评成就，同时揭示其诗歌批评中理论与批评的高度融合及其对古典诗歌美学的贡献。付佳奥的《〈采菽堂古诗选〉“意”“致”结合的诗学体系》指出，“意”与“致”是陈氏读诗的切入点以及选诗的标准，“意”“致”两端，意味着作品的内容旨趣和文辞面貌，实际上已包括了魏晋至盛唐时期讨论的核心即“质”“文”这一对二元概念，陈祚明将这对概念往前推进了一个层次，并将二者在对诗歌作品的赏鉴、对诗歌创作的指导中统一起来，在此基础上建立其诗学体系。孔君丽的《试论〈采菽堂古诗选〉“尚辞主情”的诗学理念》一文提出《采菽堂古诗选》对“情”与“辞”的重新理解，“情”不仅包括情感，还有命旨、神思、理、解、悟等；“辞”不仅包括辞采，还有声、调、格、律、句、字、典物、风华等。张悦的《千载之下，谁为知音？——论〈古诗归〉〈采菽堂古诗选〉〈古诗评选〉对陶诗的选评》和黄妍、徐国荣的《论〈采菽堂古诗选〉对庾信的推崇》均是细化研究，前者通过从明至清的三部选本对陶诗的不同定位，揭示文学批评受时代文学思想、社会政治思潮、主体审美倾向的影响；后者指出选本推崇庾信与陈祚明的身世经历和诗学观念相关，也是陈氏意欲为六朝诗正名以及建构六朝诗史的一种手段。此外，以下几部选本研究较多。如《古诗评选》，陶雨的《王夫之〈古诗评选〉的诗学观》（哈尔滨师范大学 2015 年硕士学位论文）立足于选本，严格依据王夫之对每一首诗歌褒贬的评价态度得出其诗学观点；他的《王船山在〈古诗评选〉中对谢灵运的评价探究》则是从王夫之对谢灵运诗歌的创作态度、创作经验方法及创作诗歌达到的审美风貌等方面的至高赞许入手，来探讨王夫之独特的诗歌审美理想。韦茂斌、刘桂鑫的《诗歌法则的批判与重建——论王夫之的〈古诗评选〉》一文，对王夫之“诗则”的批判与重建持一个辩证的看法，王注重对基本概念的思辨以及系统论证，是他有别于其他人论断式的诗话、诗选、诗评的鲜明特点。但他持诗歌退化观和遵循文体互参“以高行卑”的规则，所以其对“诗则”的批判与重建总体效果不大。再如《八代诗选》，吴怀东、马玉的《湖湘政治群体之崛起与湖湘区域文化之自觉——论王闿运对汉魏六朝诗派之建构》，认为王闿运和汉魏六朝派同人编纂《八代诗选》昭示出彼时京师湖湘文人群体强烈的地域认同、政治热情和诗歌理想，是湖湘文化传统的自觉建构。孙海洋、黄世民的《论王闿运〈八代诗选〉》关注的重点是该选本体现出的诗学主张，即论诗主诗缘情，重视抒情咏怀诗，注意辨析诗歌体裁和音律，追求高雅华丽诗风，主张曲隐而自达。其他的选本得到的关注就更少了。

综上所述，现有成果以个案研究居多，多注重文献方面的考辨补遗，而较少注意到清代的政治、经济、地域、科技、文化、教育等因素对古诗选本的编刻所产生的影响，文章理论深度显得不足，这势必会制约此项研究的发展。杨春忠在《选本活动论题的张力及其研究》中认为：“选本不仅是一种重要的文学活动现象，而且是作为一种特定的文化现象而存在的。”[①]这些背景因素所起的作用，在清代古诗选本的编纂中表现得相当明显。清代古诗选本研究之所以还十分薄弱，概括而言，主要有两个方面的原因：

首先，文献数量认识不清。清代的古诗选本数量是从事此

① 杨春忠：《选本活动论题的张力及其研究》，《聊城大学学报（社会科学版）》2008年第1期。

项研究所必需的也是最基础的调研工作，它将直接影响到研究结论的科学性。张寅彭先生即指出："数量直接关系到认识的准确程度，亦即结论的科学性……清代诗学文献所独具的数量优势是一个需要首先予以正视和充分利用的性质，否则不仅对于现存的文献材料是一种颇为遗憾的浪费，而且清代诗学研究的成功也是无从谈起的。"[①]仅有景献力做过此项工作，他在博士学位论文《明清古诗选本个案研究》中调研出51种古诗选本，其中有一些谬误之处。笔者目前已调研出58种古诗选本，当然实际数量远不止此数，有待进一步调研。

其次，对清代古诗选本的类型、成因、编选特征、诗学批评价值等方面的研究重视不够。古诗选本研究者的队伍规模较小，研究视野不够开阔，研究对象总集中在几种常见的选本上，缺乏对清代古诗选本全貌的宏观研究，研究成果零碎而缺乏系统性，文献挖掘整理的深度与广度都还不够，这与第一个原因也有一定的关系。这样就很难对清代古诗选本作出全面而宏观的考察和探索，遂为本课题的研究提供了一次难得的学术机遇，也是一次学术能力的挑战。笔者则抱着一种平和的心态将其作为一次可贵的学术训练，勉力为之。

① 张寅彭：《重视清代文献数量的因素》，《苏州大学学报（哲学社会科学版）》2005年第3期。

第三节　研究思路及方法

本文主要从古典文献学与古典文学理论两方面对清代古诗选本进行观照研究。具体而言，以对清代古诗选本原始文献的发掘整理为基础，突出“大文化”的研究理念，以整体研究与个案研究相结合的方式，把清代古诗选本与清代的政治、经济、地域、文化、科技、教育、诗学思潮等因素联系起来综合考察。具体章节中大都运用了比较、分析、演绎、归纳等方法，从纵向与横向的二维视角，对清代古诗选本展开立体研究。而在解读每一种选本时，则尽可能地搜罗每一位编选者的别集、年谱、传记、交游等资料进行研读，以加深对其选本批评宗旨的理解，争取做到结论从文献中来。

第四节　创新点及研究价值

目前，清代古诗选本的情况芜杂不清，对它们的研究也还不够深入。研究清代古诗选本，有如下意义：

首先，清代古诗选本研究，是清代文学史、清代文学批评史研究的一部分。在古代，我们并没有专门的文学史著作，选本则发挥了一定的文学史叙述功能。文学流派是文学史研究重点关注的对象，其成员“在艺术情趣、审美倾向以至理论主张上应有大致相同或近似的追求，这种追求和实践又总是集中反映在他们编纂的总集和选本之中”[①]。故欲治清代文学史，古诗选本不容忽视。而选本中所蕴含的序、跋、凡例、传记、评点、批注等史料，也是文学批评史研究应关注的对象。王运熙说：“一部分总集中的选本，表现了有价值的文学观念，是研究中国古代文学思想的重要或比较重要的对象。”[②]从笔者目前所接触到的几十种清代古诗选本来看，其中蕴含着丰富的诗学文献，从不同侧面反映了其与清代诗学思潮的关系，可为拓宽清代诗学研究的领域提供帮助。而传统的诗学研究，往往热衷于对诗文评类专著的探讨，却忽略了对诗选中理论成分的挖掘，这不能不说是一种缺憾。其实将诗学观、审美观捆绑在选本中“兜售”，也是选家习见的做法。鲁迅先生就说：“选本可以借古人的文章，寓自己的意见。”[③]故在文学史的意义上，选本作为一种文学传承活动，作为一种特定的经典化活动，其体现出特定的文学观念以及时代性文学思潮的动向，故而成为文学史与文学理论批评史的研究对象。

其次，清代古诗选本研究，也是汉、魏、初唐古诗接受史研究的一部分。清代古诗选本中蕴含着极其丰富的诗评、史评等方面的材料，是初唐古诗研究不可或缺的一部分。汉魏六朝诗人

---

① 严迪昌：《清词史》，江苏古籍出版社，1990，第4页。

② 王运熙：《总集与选本》，《古典文学知识》2004年第5期。

③ 鲁迅：《集外集·选本》，人民文学出版社，2005，第138页。

诗作在清代古诗选本中的去取、多寡、排序等情况，则是其人其诗在清代接受及传播状况最为直接的反映。就此而言，诗选就是一种特殊形式的诗人接受史。邹云湖指出："在中国古典文学史上，作者因为某个选者及其选本的选多选少，排名前后以及由此反映出的褒贬抑扬而得以留名甚至地位陡增、声名显赫的例子不在少数。"[①]樊宝英认为从文学接受的角度来透视古人选本批评中所蕴含的文学史观念，其中应包含"重读者接受的文学史观"[②]这一层面，故研究汉魏六朝诗歌接受史，清代古诗选本乃一重要窗口。

再次，本课题的研究，亦可为学界的相关研究提供文献索引及参考帮助。因为此项研究的前期工作，属基础工作，即通过各种途径对清代古诗选本的文献情况进行系统调研，详其卷数、刊刻时间、版式、收录情况、成书形式、编撰优劣、版本流衍、书目著录、选家概况、藏书单位等信息。所移录寓目选本之序跋，也可丰富清代诗学研究的文献宝库。本书对一些重要选本的成书过程、刊刻年代、版本、批评宗旨、选家生平及诗学思想等方面的探讨，或可为他人提供参考。

---

① 邹云湖：《中国选本批评》，上海三联书店，2002，第284页。

② 樊宝英：《选本批评与古人的文学史观念》，《文学评论》2005年第2期。

第一章　历代古诗选本发展概述

第一节　汉魏六朝时期:古诗选本的发轫期

作为中国古典文学史上的开山之作,《诗经》自汉代以来,一直流传着孔子对其进行删减编选的说法,即孔子遵循"施于礼义"之原则,对古代诗篇进行了筛选整理,使之由"古诗三千余篇"精简至现存规模。然而,孔子是否真正实施了"删诗"之举,历来争议颇多,观点各异,至今未能达成共识。鲁迅曾对此评论道:"孔子究竟删过《诗》没有,我不能确说,但看他先'风'后'雅'而末'颂',排得这么整齐,恐怕至少总也费过乐师的手脚,是中国现存的最古的诗选。"[①]不论孔子删诗与否,仅"孔子编定《诗经》"这一观念的存在,便足以象征选本理念的萌芽。自此之后,历代文人编纂诗文选集,无不以效法孔子删诗、整饬礼乐、厘定

① 鲁迅:《集外集·选本》,人民文学出版社,2005,第137页。

雅颂为楷模，视选本为展现个人文学理念的有效载体，视评论与品鉴为选本天然肩负的责任，并尊孔子为中国文学选集传统的开创者。

在中国古代文学发展历程中，学术界普遍认同的最早文学选集为晋代杜预所编《善文》五十卷，遗憾的是这部汇集佳作的文章选集已佚，无法窥见其原始面貌。通常认为，晋人挚虞的《文章流别集》堪称这一领域的重要里程碑。《隋书·经籍志》记载："晋代挚虞，苦览者之劳倦，于是采摘孔翠，芟剪繁芜，自诗赋下，各为条贯，合而编之，谓为《流别》。"[①]《晋书·挚虞传》则载其"又撰古文章，类聚区分为三十卷，名曰《流别集》，各为之论，辞理惬当，为世所重"[②]。其中，"论"部分原附于"集"之后，后独立成篇流传。《隋书·经籍志》既著录了挚虞《文章流别集》四十一卷，又单独列出《文章流别志论》二卷。"集"为作品选辑，现已散失；"论"虽有残篇留存，但对诗、赋、箴、铭、哀辞、颂、七言等多种文体的起源、演变、古今异同等进行了深入探讨，且对各家创作之优劣多有点评，堪称古代文学评论的集大成之作。据此，最早的文学选本已然呈现出选文与评论相结合的特点。《隋书·经籍志》将挚虞《文章流别集》视为"总集"之首，《四库全书总目》亦指出："三百篇既列为经，王逸所裒，又仅《楚辞》一家，故体例所成，以挚虞《流别》为始。"根据《隋书·经籍志》的记载，六朝时期

① [唐]魏徵等：《隋书》，清乾隆四年(1739年)刻本。

② [唐]房玄龄等：《晋书》，清乾隆四年(1739年)刻本。

古诗选集种类繁多，如谢灵运的《诗集》《诗集钞》《诗英》，张敷、袁淑增补的谢灵运《诗集》，颜峻的《诗集》，宋明帝的《诗集》，江邃的《杂诗》，刘和注的《杂诗》《二晋杂诗》，荀绰的《古今五言诗美文》，谢朏的《杂言诗钞》，萧统的《古今诗苑英华》，徐陵的《玉台新咏》等，然而留存完整至今的仅有萧统的《文选》与徐陵的《玉台新咏》。二者虽相继问世，却体现了迥异的文学观念。前者在序文中强调"事出于沉思，义归乎翰藻"①，后者则专注于"惟属意于新诗……撰录艳歌"②。在典范作家的选择上，前者尊陆机为翘楚，后者则推沈约为领袖（除去帝王诗人）。即便是沈约的诗作，两书所选风格亦有显著差异，《文选》收录其较为庄重的作品，《玉台新咏》则多选录其艳情诗篇，两者仅《咏月》一诗相同。曹道衡在《南北朝文学史》中指出，萧统的文学思想，本质上属于融入齐梁色彩的儒家体系。《文选序》前半部分继承《诗大序》关于言志抒情的基本观点，重视作品的社会功能，要求其蕴含真挚情感，在美学标准上，萧统主张文质并重。③《文选》所倡导的"丽而不浮，典而不野"的文风，反映了南朝梁中期文学回归传统潮流，对永明时期盛行的清丽文风及其后续影响，萧统持批判态度，故提倡古体，意图恢复太康、元嘉时期的诗风，以矫正永明诗风之偏斜。而《玉台新咏》所推崇的宫体诗，则是对永明诗

---

① ［梁］萧统辑《文选》，［唐］李善注，清嘉庆重刻本。

② ［清］吴兆宜注，［清］程琰删补：《玉台新咏》，穆克宏点校，中华书局，1985，第12～13页。

③ 曹道衡、沈玉成编著：《南北朝文学史》，人民文学出版社，1991，第227页。

风的延续与强化，相较于永明诗风，“转拘声韵，弥为丽靡”[①]，即比永明诗人更注重诗文的对偶与声韵规律，更倾向于细腻描绘和辞藻华美。《玉台新咏》所引领的绮丽诗风，恰好契合了南朝梁中后期“好为新变，不拘旧体”[②]的文学时尚。徐陵等人以此来推广宫体诗的影响力，曹道衡和沈玉成在他们所编著的《南北朝文学史》中认为，从深层次看，《玉台新咏》是萧纲一派诗人为了对抗“陈腐”诗风，弘扬自身的文学理念而编纂的一部示范诗集。此处所谓的“陈腐”诗风，即指萧统倡导的复古诗风。这两部古诗选集，均是时代文学风尚的产物。

第二节　唐宋元时期：古诗选本的发展期

到了唐代，诗歌创作空前繁荣，诗人对诗歌理论研究的热情也空前高涨，各类诗集的编纂选录在前代的基础上蔚然成风。但是随着时间的流逝，留存下来的数量已经不多了，只在相关典籍中记录其书目。陈尚君的《唐人编选诗歌总集叙录》一文广稽散佚文献，对唐代的选本著录和留存情况做了翔实的考订，发现唐人编选的唐诗选本就有 137 种之多，可见当时唐诗选本之繁盛。由于时代好尚的关系，相较于前代，唐人更加重视近体的格

---

① ［唐］李延寿：《南史》，清乾隆四年（1739 年）刻本。
② ［唐］李延寿：《南史》，清乾隆四年（1739 年）刻本。

律诗，对古诗的关注自然就少了。所以，唐代的古诗选本处于一种比较低迷的状态，比较有影响力的古诗选本，当推《文选》的注本。

《文选》全称《昭明文选》，是南朝梁昭明太子萧统组织文人共同编选的诗文总集，选录了先秦至南朝梁八九百年的赋、诗和文。唐代初期流行绮丽的诗文风格，唐高宗以后，科举考试又以律诗和律赋为主要考核内容，当时的士人苦心孤诣学习诗赋的写作，所以《文选》也逐渐取得了科举“教科书”的地位，《文选》中的诗文就顺理成章成为时人学习写作的典范作品。其中卷二十至卷三十五均为诗骚之作，选录的古诗可以作为典范，满足唐代士人学习古诗的需求。在这种风尚的影响下，涌现出了一些《文选》的注本。《旧唐书·儒学·曹宪传》中有这样的文字：“（曹宪）所撰《文选音义》，甚为当时所重。初，江、淮间为《文选》学者，本之于宪，又有许淹、李善、公孙罗复相继以《文选》教授，由是其学大兴于代。”[1]这段文字说的是初唐的曹宪，有《文选音义》流传于世，时人受其影响，成为《文选》学者，教授《文选》，因此“文选学”在当时是一门时兴的学问。然而，曹宪的《文选音义》今仅存目，只在《唐钞文选集注汇存》中保存部分条目[2]，现存的《文选》注本中，时间最早、影响最大的，当属唐高宗时代的李善注本。在此之后，又有唐玄宗时代的五臣注本。除此之外，根据

① ［后晋］刘昫等：《旧唐书》，懼盈斋本。

② 周勋初纂辑：《唐钞文选集注汇存》，上海古籍出版社，2000。

现藏在日本的旧抄本《文选集注》著录的条目可见，唐代还出现过陆善经等人的《文选》注本。只是除了李善和五臣注外，其他各家注本多已散佚，但我们还是可以借此看到唐代《文选》研究的盛况。

相较于唐代对《文选》的高度重视，这一趋势在北宋初期达到了顶峰。胡仔在其著作《苕溪渔隐丛话》中引用《雪浪斋日记》所载："《文选》烂，秀才半。"①这句广为流传的谚语，鲜明地揭示了《文选》在当时科举备考中的核心地位。然而，随着王安石推行以新经学为取士标准的改革，《文选》逐渐丧失了其作为科举标准教材的角色。虽然，《文选》在士人文化圈内的影响力有所消减，但并未彻底淡出。

时至今日，《文选》所辑录的诗歌历经岁月淘洗，已成为五言古诗风格的标志性代表，"选体"风格亦深深烙印于五言古诗的艺术特质之中。当这一风格升华为诗歌创作的普遍规范时，其对后世古诗的深远影响已远超单纯作为一个古代诗选的价值，而是潜移默化地渗透到了诗歌艺术的内核。尽管宋代以后对《文选》进行注解与系统梳理的工作渐趋稀少，但这并未削弱其对诗歌发展持续施加的影响。

探讨《文选》对后世文学的遗产时，我们往往聚焦于历史上对《文选》文本本身的研究热潮。其中，唐代的研究尤为突出，不仅深化了对《文选》的理解，更直接促进了诗歌创作实践，以至于

① [宋]胡仔：《苕溪渔隐丛话》，海山仙馆丛书本。

唐代鲜有新的古诗选集能与其比肩。相比之下，清代学界对《文选》的研究转向了考据、音韵、文字训诂等领域，较少关注文学本质与创作技巧，因此，其对诗歌创作及评论的实际指导作用相对有限。

就文学影响层面而言，“选体”作为一种独特的文体风貌，其对后世五言古诗的塑造力，以及《文选》作为早期且极具影响力的诗选典范对后续古诗选集的导向作用，实际上在很大程度上超越了单纯对《文选》文本研究所产生的影响。考察《文选》对后世古诗选本的辐射力，不难发现这些选本或是承袭其编排原则，或是弥补其遗珠之憾，或是针砭其立意之偏，或是剖析其缺憾之处。明代涌现出众多古诗选本，其中多数无论明示或暗示，皆清晰烙印着《文选》的印记。

以明代学者杨慎为例，他对《文选》极为尊崇，不仅辑有《选诗外编》《选诗拾遗》以补充《文选》未收录之佳作，且在论及李白、杜甫两位诗坛巨擘时，强调他们对“选体”的精研与传承。杨慎在《升庵诗话》中指出：“李太白终始学《选》诗，所以好；杜子美诗好者亦多是效《选》诗，后渐放手。”[1]再如明代钟惺与谭元春合作编纂的《诗归》（又称《古诗归》），他们在书中对萧统所选古诗评述道：“昭明胸中有此七妙字，如何爱选板诗、庸诗？”[2]他们的选诗因而多有别于《文选》。钟惺在《诗归》序文中感慨：“昭明选

① ［明］杨慎：《升庵诗话》，函海本。

② ［明］钟惺、谭元春编《诗归》，明万历四十五年（1617年）刻本。

古诗，人遂以其所选者为古诗，因而名古诗曰‘选体’，唐人之古诗曰‘唐选’。呜呼！非惟古诗亡，几并古诗之名而亡之矣。”[①]此外，明代诸多古诗选本的序言与凡例中，《文选》的影响亦赫然可见。如臧懋循在《诗所》凡例中明确表示：“五言古诗微仿昭明《文选》，分为三十三卷。”[②]浦南金于《诗学正宗》凡例中则言：“古乐府以郭茂倩、左克明为主，五言古诗以《文选》为主，五、七言近体诗以《唐诗品汇》为主。”[③]综上所述，《文选》对后世古诗选本的影响力可谓深远而广泛。

唐代的古诗选本，除对《文选》进行注释之外，尚包括吴兢编纂的《古乐府》十卷，以及《乐府古题要解》二卷；李康成辑录的《玉台后集》十卷；僧人惠净编选的《续古今诗苑英华集》十卷；另有李氏所撰《丽则集》五卷。

宋代的诗歌选本多以唐诗为尊，唐诗选本独领风骚，而古诗选本则相对寂寥。据《宋史・艺文志》记载，彼时的古诗选本有如下数种：“周明辨《文选汇聚》十卷。常宝鼎《文选名氏类目》十卷。卜邻《续文选》二十三卷。《广玉台集》三十卷。《文选后名人诗》九卷。《谢氏兰玉集》十卷。《古诗选集》十卷。刘理《宣城集》三卷。唐庚《三谢集》一卷。”[④]然而，这些选本或已失传，或影响甚微，对后世文学并未产生显著影响。

---

① ［明］钟惺、谭元春编《诗归》，明万历四十五年（1617年）刻本。

② ［明］臧懋循：《诗所》，明万历三十一年（1603年）序刊本。

③ ［明］浦南金：《诗学正宗》，明嘉靖三十七年（1588年）刊本。

④ ［元］脱脱等：《宋史・艺文志》，四库全书本。

在宋代理学盛行的背景下，部分诗文选集深受理学思想熏染，进而影响了对古代诗人及古诗的评价体系。以宋代真德秀所编《文章正宗》为例，该选本分为辞命、义理、叙事、诗赋四个板块，其中在诗赋部分对陶渊明诗作给予了高度推崇，故而陶诗在选集中占据较大比重。真德秀力图打破以往以庄子、老子之避世哲学解读陶渊明的传统视角，认为："渊明之学正自经术中来，故形之于诗，有不可掩。荣木之忧，逝川之叹也；贫士之咏，箪瓢之乐也。《饮酒》末章有曰：'羲农去我久，举世少复真。汲汲鲁中叟，弥缝使其淳。'渊明之智及此……真有旷达之风。细玩其词，时亦悲凉感慨，非无意世事者。"[①]他还指出陶渊明心系王室，颇有其先祖陶侃之风骨："眷眷王室，盖有乃祖长沙公之心。"[②]如此理解陶渊明及其诗歌，无疑赋予其作品浓厚的理学伦理色彩。

对此，顾炎武在《日知录》中对真德秀的诗歌选录持有异议：

> 真希元《文章正宗》，其所选诗，一扫千古之陋，归之正旨。然病其以理为宗，不得诗人之趣。且如《古诗十九首》，虽非一人之作，而汉代之风，略具乎此。今以希元之所删者读之，"不如饮美酒，被服纨与素"，以异乎《唐诗·山有枢》之篇；"良人惟古欢，枉驾惠前绥"，盖亦《邶诗·雄雉于飞》之义；《牵牛织女》，意仿《大

① ［宋］真德秀：《西山先生真文忠公文集》，四部丛刊景明正德刻本。
② ［宋］真德秀：《西山先生真文忠公文集》，四部丛刊景明正德刻本。

> 东》;《兔丝》、《女萝》,情同《车辖》。十九作中,无甚优劣。必以坊淫正俗之旨,严为绳削,虽矫《昭明》之枉,恐失《国风》之义。六代浮华,固当芟落,使徐、庾不得为人,陈、隋不得为代,无乃太甚,岂非执理之过乎?[①]

他以《古诗十九首》为例,认为真德秀在选诗过程中虽然成功地扫除了千百年来一些低劣的诗歌倾向,将选录的诗歌导向了正统的主题,但其过分强调以理学为宗旨的做法,导致所选诗歌失去了诗人的自然情趣。他进一步指出,对于六朝时期浮华的诗歌风格,固然应当有所取舍,但倘若因此彻底否定徐陵、庾信等人的文学贡献,甚至视整个陈、隋时代为诗歌创作的空白,这种做法未免过于极端。他认为如此严格的裁决,恰恰体现了过度执着于理学教条而忽视了诗歌艺术本身应有的灵动与人性表现,即所谓"执理之过"。

元代宗唐诗,但与宋代宗唐诗的方式有所区别。宋代文人借推崇唐诗以提升自家诗派的地位,而元代诗人则是通过尊唐来阐明诗歌之源流与正变。从根本上讲,元人论诗中的"宗唐"倾向,实为元代整体文化界复古潮流在诗歌创作领域的直观体现。自元初的郝经至元中期的虞集,乃至元末的戴良,均从崇尚风雅、追求雅正之音的角度,倡导回归传统。郝经曾选录自汉至

① [明]顾炎武:《日知录》,[清]纪昀:《四库全书》,清乾隆五十四年(1780年)刻本。

五代221位诗人的250篇诗作，取其“抑扬刺美，反复讽咏，期于大一统，明王道，补缉前贤之所未及者”[①]，并命名为《一王雅》；六年之后，他又编撰《原古录》，在自序中解释道：“《原古》，所以正今也。于是断自先秦，以及于今，《六经》之本真，子、史之几衡，诸家之要删，众贤之杰作，原于道德，传于义理，合于典则，可以为法于后世者，则并录之。”[②]元代中期以后，尤其是在仁宗延祐元年(1314年)科举制度的重新启动后，文坛复古之风愈发强烈，故元代的欧阳玄云：“近时学者于诗无作则已，作则五言必归黄初，歌行、乐府、七言蕲至盛唐。虽才趣高下，造语不同，而向时二家(南宋、金)所守矩矱，则有不施用于今者矣。”[③]这种文坛的复古潮流直接作用于古诗选本的编纂，对明代复古思潮的勃兴及古诗选本的兴盛起到了推动作用。

此外，元代著名的古诗选本还包括方回的《文选颜鲍谢诗评》、刘履的《风雅翼》、左克明的《古乐府》，这些作品大都是对乐府诗歌的搜集整理及对《文选》所选诗篇的再度整理。

第三节　明清时期：古诗选本的鼎盛期

明初诗坛的复古风潮是宋濂首倡的。宋濂在其名篇《答章

---

① [元]郝经：《陵川集》，明正德二年(1507年)刻本。

② [元]郝经：《陵川集》，明正德二年(1507年)刻本。

③ [元]欧阳玄：《圭斋文集》，明成化七年(1471年)刻本。

秀才论诗书》中指出古人的诗歌创作无不始于对前人诗作的模仿：

> 诗之格力崇卑，固若随世而变迁。然谓其皆不相师可乎？第所谓相师者，或有异焉。其上焉者师其意，辞固不似，而气象无不同。其下焉者师其辞，辞则似矣，求其精神之所寓，固未尝近也。然唯深于比兴者，乃能察知之尔。虽然，为诗当自名家，然后可传于不朽。若体规画圆、准方作矩，终为人之臣仆，尚乌得谓之诗哉。何者？诗乃吟咏性情之具，而所谓风雅颂者，皆出于吾之一心。特因事感触而成，非智力之所能增损也。古之人，其初虽有所沿袭，末复自成一家言，又岂规规然必于相师者哉。呜呼，此未易为初学道也。近来学者类，多自高，操觚未能成章，辄阔视前古为无物，且扬言曰：曹、刘、李、杜、苏、黄诸作虽佳，不必师。吾即师，师吾心耳。故其所作往往猖狂无伦，以扬沙走石为豪，而不复知有纯和冲粹之音，可胜叹哉。[①]

他在此文中构建了一种以模拟复古为手段、以创新个性为目标、以真诚抒发性情为核心的诗歌观。他力图通过对古典诗歌的学习与传承，重塑明初文坛的诗歌风貌，使之回归到重视内

① [明]宋濂：《答章秀才论诗书》，[明]程敏政辑《明文衡》，四部丛刊景明刻本。

在精神、追求纯粹艺术表达的传统轨道上，从而为明初诗歌的复古潮流奠定了理论基础。

弘治年间，“前七子”步入政坛，标志着明代文学复古运动的盛大启幕，使得文坛风貌焕然一新。其中，七子之一的康海如是表述：

> 我明文章之盛，莫极于弘治时。所以反古俗而变流靡者，惟时有六人焉。北郡李献吉、信阳何仲默、鄠杜王敬夫、仪封王子衡、吴兴徐昌谷、济南边廷实，金辉玉映、光照宇内，而予亦幸窃附于诸公之间。乃于所谓孰是孰非者，不溺于剖劘、不怵于异同，有灼见焉。于是后之君子言文与诗者，先秦两汉、汉魏盛唐彬彬然盈乎域中矣。[1]

这段文字描绘了弘治年间“前七子”在政坛上的崛起如何成为文学复古运动的标志性事件，以及他们如何以卓越才情和鲜明主张重塑了明代文坛的整体格局。康海自豪地列举了六位核心人物，并强调他们共同秉持的复古理念以及对时下文风的深刻影响。

“前七子”在诗学上坚定地推崇模拟与复古，李梦阳认为：“夫五言者，不祖汉则祖魏，固也。乃其下者，即当效陆、谢矣。

① ［明］康海：《康对山集》，明万历十年（1582 年）刻本。

所谓画鹄不成，尚类鹜者也。呜呼，此可易与不知者道哉！”[①]李梦阳作为“前七子”的核心成员，其提倡五言古诗回归汉魏的观念，深深渗透到“前七子”的诗歌创作实践中。正德年间，众多精选汉魏古诗的选集相继问世，这无疑是对“前七子”复古理念的积极回应。

嘉靖时期，以李攀龙、王世贞为首的“后七子”横空出世，将复古潮流推向新的高潮。李攀龙表示：“盖文自西汉以下，诗自天宝以下，若为其毫素污者，辄不忍为也。”[②]表现出对复古运动的坚定执着。在这场持续一个多世纪、波澜壮阔的复古拟古潮流中，李梦阳、何景明与李攀龙、王世贞皆是威震一时的领军角色，“天下推李、何、王、李为四大家，无不争效其体”[③]。尤其李攀龙身为文坛泰斗，其言行对当时诗歌美学具有举足轻重的影响，虽然他未留下专门论述复古思想的诗话著作，但他编纂了《古今诗删》和《唐诗选》这两部诗选集，来传播其复古主义的诗学思想。

在这股复古思潮的影响下，明代古诗选本的编纂活动在此时期进入了空前繁盛期，以显著的选本数量激增为首要特征，标志着其发展历程中的首个高潮。早期佚名编纂的巨著《诗渊》虽仅存残卷，且为手抄本形式，却因卷帙浩繁而文献价值极高，备受珍视。明代古诗选本创作的重心时段集中于正德、嘉靖、万历

---

① ［明］李梦阳：《空同集》，明万历三十年（1602年）刻本。

② ［明］李攀龙：《沧溟集》，明万历三十四年（1606年）刻本。

③ ［清］罗惇衍：《咏史诗钞》，清光绪元年（1875年）刻本。

与崇祯四朝，尤以嘉靖与万历两朝最为丰富。

正德年间，刘成德辑有《汉魏诗集》，无名氏整理《三谢诗》，这些选本率先开启了此阶段的古诗编选工作。进入嘉靖朝，杨慎编纂的《五言律祖》与《风雅逸篇》、张谦的《六朝诗汇》、冯惟讷的《风雅广逸》与《汉魏诗纪》、刘濂的《九代乐章》、佚名编者的《六朝诗集》、浦南金的《诗学正宗》、徐献忠的《乐府原》与《六朝声偶集》以及李攀龙的《古今诗删》等众多选本相继问世，呈现出百花齐放的局面。

至万历时期，梅鼎祚编选的《汉魏诗乘》与《六朝诗乘》(后合并为《八代诗乘》)，并有《古乐苑》之作；张之象有《古诗类苑》、臧懋循编有《古诗所》、刘一相辑《诗宿》、唐汝谔解读《古诗解》、钟惺与谭元春合作《古诗归》，邵一儒则对《六朝声偶删补》进行了整理。这一系列选本的涌现，进一步巩固了明代中期至晚期古诗选编的辉煌成就。

最后，在崇祯朝，曹学佺的《石仓历代诗选》、陆时雍的《古诗镜》、韩锡的《古乐苑》重编以及麻三衡的《古逸诗载》等作品，构成了明代古诗选本巅峰期的尾声，为这一文学现象画上了浓墨重彩的一笔。这些选本不仅反映了明代文人对古典诗歌遗产的深度挖掘与传承，也见证了当时文学审美趣味的多元变迁与学术研究的高度繁荣。

清代古诗选本在明代选本的基础之上取得了显著发展，涌现了一批具有重要影响力的选本。以下为部分代表作：陈祚明《采菽堂古诗选》，吴淇《六朝选诗定论》，王夫之《古诗评选》，王士祯《五言古诗选》，沈德潜《古诗源》，张玉榖《古诗赏析》，王尧衢《古诗解》，金圣叹《古诗解》，李光地《榕村诗选》，刘大櫆《历朝诗约选》，王闿运《八代诗选》，李因笃《汉诗音注》和《汉诗评》，曾国藩《十八家诗钞》，陈沆《诗比兴笺》，顾有孝《乐府英华》，王士祯选、闻人倓笺《古诗笺》，曹锡宝《古诗约选》，吴汝纶《古诗钞》，吴闿生《古今诗体约选》，成书《多岁堂古诗存》，张琦《宛邻书屋古诗录》（清志作《古诗录》），周贞亮《汉魏六朝诗三百首》，季贞《汉魏诗选》（又作《汉魏六朝诗选》），钮孝恩《汉魏诗钞》，吴汝纶《汉魏六朝百三家集选》，胡凤丹《六朝四家全集》，戴明说、范士楫、魏允升同选《历代诗家》，范大士评选、王仲儒同辑《历代诗发》，陆奎勋《八代诗揆》，张守《八代诗淘》，杨逢辰《建安七子集》，卓子堪《三家诗》（又作《合刻曹陶谢三家诗》），姚培谦《陶谢诗集》，钱二白《容与堂汉诗释》（又作《汉诗释》），李兆元《诗笺三种》（分别为《古诗十九首附笺》《苏李诗笺》《渔洋秋柳诗笺》），朱嘉征《诗集广序》和《乐府广序》，杜文澜《古谣谚》，朱乾《乐府正义》，曾廷枚《乐府津逮》，庄述祖《汉短箫铙歌曲句解》，陈本礼《汉乐府三歌笺注》和《汉诗统笺》，王先谦《汉铙歌释文笺证》，顾大申《诗原》，邓汉仪《诗观》，吴季长《延陵书塾合璧》（录简文、江淹二家诗），费锡璜和沈用济《汉诗说》，饶学斌《月午楼古诗十九首详解》等。

第二章 清代古诗选本的编选特征

古诗选本由汉魏至明代，经历了发轫、发展到繁荣这三个阶段，到了清代，古典文学进入总结期，其古诗选本的编纂活动尤为繁盛，呈现出独特的编选特征。清代古诗选本在明代的基础上又有较大发展，它以丰富的编选内容、多元的学术追求和深厚的文化底蕴，在传承、整理和推广古代诗歌文化方面发挥了巨大作用，在中国古代文学史上留下了浓墨重彩的一笔。选家们遴选的名作佳什，不仅是当时文学思潮与选家审美倾向的直接反映，更是特定历史背景下的社会风貌、文化特质与文人群体精神风貌的鲜活写照。这些选本不仅承载了诗歌艺术的精髓，更成为连接不同时代文化脉络、展现文学演变轨迹的桥梁，为后世读者理解古代诗歌艺术、研究文学发展规律以及感受历史文化的韵味提供了宝贵的文献资料。可以说，清代古诗选本以其独特的编选理念、丰富的内容架构以及深刻的历史文化内涵，不仅在文学史上占据了重要地位，而且在推动古代诗歌文化的传承与发展中起到了举足轻重的作用。本章通过对清代古诗选本编选特征的研究，来探究选家身份多元化、编选地域的不平衡性。

第一节 选家身份的多元化

清代是选本的繁荣期，本文以清代的古诗选本为研究对象。一般来说，编选一部古诗选本，并且使之顺利流传开来，需要选家具备独到的诗学批评眼光，以及一定的社会地位与经济实力，故历代选家多以官员为主。以明代比较有影响力的古诗选本的选家为例：

刘成德(《汉魏诗集》)：正德六年(1511 年)进士。《明史》无传，可推测社会身份应该是官员。

杨慎(《风雅逸篇》)：正德六年(1511 年)廷试第一，曾授修撰，后又充经筵讲官。

刘濂(《九代乐章》)：正德十六年(1521 年)进士，由杞县知县擢监察御史。

浦南金(《诗学正宗》)：嘉靖元年(1522 年)举人，官国子监助教。

徐献忠(《乐府原》和《六朝声偶集》)：嘉靖四年(1525 年)举人，官奉化令。

张谦(《六朝诗汇》)：嘉靖十一年(1532 年)进士，授刑部主事。

冯惟讷(《风雅广逸》和《汉魏诗纪》)：嘉靖十七年

(1538年)进士。由宜兴令累擢江西左布政使。

梅鼎祚(《汉魏诗乘》《八代诗乘》《古乐苑》):屡试不第,布衣终身。

唐汝谔(《古诗解》):天启中,以岁贡生官常熟县教谕。

由此可见,明代的古诗选家,大多数是官员。到了清代,这种情形是有所变化的,如下可见:

陈祚明(《采菽堂古诗选》):不仕清朝,布衣终身。

刘大櫆(《历朝诗约选》):屡试不中,教书终老。

王尧衢(《古唐诗合解》):身份不明。乾隆《腾越州志》记载其诗《王副戎招饮龙王塘》"俗吏偏无暇,殷勤喜见招"[1],可知,他虽不是布衣,但是社会地位也不高。

张玉穀(《古诗赏析》):诸生。

沈德潜(《古诗源》):乾隆四年(1739年),以六十七岁高龄得中进士,历任翰林院编修、内阁学士、上书房行走、礼部侍郎等。

王闿运(《八代诗选》):咸丰二年(1852年)举人,曾入曾国藩幕府。

陆奎勋(《八代诗揆》):康熙六十年(1721年)进

① [清]屠述濂:《腾越州志》,清光绪二十三年(1897年)重刊本。

士，官翰林院检讨。

陈沆(《诗比兴笺》)：嘉庆二十四年(1819 年)状元，官四川道监察御史。

吴淇(《六朝选诗定论》)：侍书学士①。

王夫之(《古诗评选》)：拒绝仕清，隐居著述。

王士祯(《五言古诗选》)：顺治十五年(1658 年)进士，初官扬州推官，后入为部曹，转至翰林，任三朝国史副总裁、刑部尚书等职。晚年致仕归乡。

金圣叹(《古诗解》)：不涉仕途，专注文学批评与创作。

李光地(《榕村诗选》)：康熙九年(1670 年)进士，步入仕途。先后担任翰林院编修、翰林学士、兵部右侍郎、直隶巡抚等职，最终官至文渊阁大学士兼吏部尚书，成为朝廷重臣。

李因笃(《汉诗音注》和《汉诗评》)：清初学者、诗人，人称“关西夫子”，康熙十八年(1679 年)荐鸿博授翰林院检讨，一生安贫乐道，勤于研读，执教著文。

曾国藩(《十八家诗钞》)：道光十八年(1838 年)进士，入翰林院，历任内阁学士、兵部侍郎、礼部侍郎等职，为“晚清第一名臣”。

吴汝纶(《古诗钞》和《汉魏六朝百三家集选》)：晚

① [清]《嘉兴府志》卷十七。

清文学家、教育家、政治家，桐城派的重要代表人物之一，参与清末维新运动。

吴闿生(《古今诗体约选》)：生平不详，以诗人和文学批评家而知名。

成书(《多岁堂古诗存》)：生平不详，以诗人和文学批评家而知名，诗风深受汉魏六朝影响。

胡凤丹(《六朝四家全集》)：文人、藏书家、目录学家，历任金华知府、湖北道员等职，归田后，致力于编书和刻书等文化事业。

姚培谦(《陶谢诗集》)：学者、编辑家。

杜文澜(《古谣谚》)：文人、官员，官至江苏道员，曾署理两淮盐运使。

庄述祖(《汉短箫铙歌曲句解》)：学者、诗人、官员，乾隆四十五年(1780 年)进士及第，选昌乐知县，调洼县知县后居家治小学。

陈本礼(《汉乐府三歌笺注》和《汉诗统笺》)：藏书家，经史造诣深厚，擅长考订。

清代的古诗选家的身份逐渐多元化，有名臣、重臣，也有布衣终身者，学者和藏书家也不少。大致可以分为以下几类：

1. 学者型选家：许多清代古诗选本由学者编纂，他们以深厚的学术功底和严谨的治学态度进行选诗。如王士祯、沈德潜、姚培谦等，他们不仅是知名文人，也是当时文坛的学术权威。他们的选本往往融入了个人的学术见解和诗学理论，对所选诗歌进行精到的注释和评析，具有较高的学术价值。

2. 官宦型选家：一些选家身居高位，如曾国藩、李光地等，他们既是政治家又是文学家，其选本往往体现了官方的文学导向和文化政策。这些选本往往具有较强的教化功能，旨在通过诗歌弘扬儒家伦理，维护社会秩序。

3. 文人型选家：一些选家多半并无一官半职，以文人身份活跃于文坛，如陈祚明、金圣叹等，他们的选本往往带有鲜明的个人风格和艺术追求。他们善于发现并推介具有创新精神和个性色彩的诗人和作品，对推动诗歌艺术的多样化发展起到了重要作用。

清代古诗选本选家身份多元化的原因主要包括以下几个方面：

1. 文化繁荣与学术氛围：清代是中国古代文化发展的一个高峰时期，尤其是康乾盛世，社会稳定，经济繁荣，文教事业兴盛。这样的大环境为学术研究和文学创作提供了良好的土壤，吸引了众多文人士大夫投身其中。他们在各自的领域内有所建树，同时也对古典文学研究有着深厚的热情，因此纷纷参与古诗选本的编纂工作，选家身份逐渐多元化。

2. 科举制度与教育体系：清代科举制度完善，读书人通过科举考试进入仕途，同时也接受了系统的儒家经典教育。这种教育体系培养了一大批精通诗文的文人，他们既是官僚阶层的组成部分，也是文学创作和学术研究的主力。许多官员在政务之余热衷于文学创作和古籍整理，编选古诗选本成为他们展现学术水平、传承文化的一种方式。

3. 文人结社与学术交流：清代文人结社风气盛行，如江南地区的“吴中七子”“浙西六家”等文人团体，他们通过诗文唱和、学术研讨等活动，形成了紧密的学术网络。这些社团内部的交流互动促进了成员间的学术互鉴和共同进步，也促使他们共同或各自编选古诗选本，展示他们的学术观点和文学主张。

4. 文学理论与批评的发展：清代是中国古代文学理论和批评发展的高峰期，出现了许多重要的文学批评家和理论家，如王士祯的“神韵说”、袁枚的“性灵说”等。这些理论的提出，激发了文人们对古典诗歌的深入研究和重新审视，促使他们根据各自的理论观点编选古诗选本，以体现他们的文学观念和审美取向。

5. 印刷技术的进步与市场需求：清代印刷技术的进步，使得书籍的出版成本降低，发行量增大，市场对各种文化产品的需求增加。古诗选本作为一种普及古典文学、提升民众文化素养的重要工具，市场需求旺盛。这为不同身份的选家提供了广阔的出版空间，他们可以根据自己的学术兴趣和读者需求，编选不同类型的古诗选本。

综上所述，清代古诗选本选家身份多元化的原因主要包括文化繁荣与学术氛围的滋养、科举制度与教育体系的塑造、文人结社与学术交流的推动、文学理论与批评的发展、印刷技术的进步与市场需求的刺激等。这些因素相互交织，共同促成了清代古诗选本选家身份的多样化格局。

第二节　清代古诗编选地域的不平衡性

文化是有地域性的，诗歌的流派、诗歌选本的编纂也受地域的影响。以明末清初这一历史节点为参照，此时的文化重心落在了中州这片土地上。就文人、文社的总量衡量，在全国范围内，中州地区在文学次发达省份中居于中上层次。地域格局上，中州文学力量的分布以归德、开封、河南三府为核心轴线与最高点，犹如屋脊般自中向南北两端渐次下降。论及文学流派，尽管各派在取向中不乏异同，但大体上皆以复古精神为依归。至于文学思潮，以何景明、李梦阳为代表，追溯至汉魏时期及《诗经》三百篇的复古主义文学思潮，无疑是中州文学思想的主流脉络；而竟陵诗派则在中州诗坛中扮演了与众不同的角色，成为其多元风貌中的一支别样旋律。

这种情况到了清代中期有所变化。叶德辉曾言："圣清文治远轶汉唐，而尤以康、乾两朝为极盛，大江以南为文化所先被。"[①]叶氏此言，既揭示了清代文化繁盛的特定时期——康乾盛世，又明确了文化最为繁荣之地乃江南。这段论述恰好印证了清代古诗选本编纂的两大显著特性：一是地域上的显著失衡，即古诗选本的编纂活动主要集中在江南地区；二是江南地区对清代文化

① ［清］叶德辉：《严东有诗集·序》，郎园先生全书本。

发展的重要性。[1] 李润强在《清代进士群体与学术文化》一书中指出，康乾盛世的文化繁荣，实质上可简化理解为江南的文化盛世。江南文化的勃兴，不仅象征了这一时代的文化巅峰水准，更是当时文化的精华凝聚。诸多清代文化现象，无论是诸如大型文献编纂、乾嘉学派的考据之风、小说创作等正面典型，还是如文字狱等负面现象，皆与江南这片土地有着千丝万缕的关联。这些现象无不植根于江南深厚的文化积淀之中，而非历史的偶然产物。[2]

"江南"一词的历史渊源可追溯至先秦时期，彼时它泛指长江以南、南岭以北的广阔地域，涵盖了现今湖南、江西全境以及湖北的长江南岸地带。至魏晋南朝时期，其含义逐渐聚焦于长江中下游以南，尤以建康（今南京）为核心的吴越地区。在此之前，"江南"所指的具体疆域并非固定不变，呈现出一定的流动性。

直至唐代，江南的概念才获得相对明确的地理学界定。唐初贞观年间，朝廷将全国划分为十大道，其中"江南道"赫然在列。至开元年间，江南道进一步细分，形成江南东道、江南西道和黔中道三个部分，覆盖了长江中下游以南、湖南东部、南岭以北直至海滨的广泛区域，大致对应于今日的浙江、福建、江西、湖南四省全境，以及江苏、安徽、湖北、四川的长江以南部分和贵州

---

① 张元婷：《从历代诗话中探寻鲍照诗歌的接受史》，硕士学位论文，贵州大学文学院，2009。

② 李润强：《清代进士群体与学术文化》，中国社会科学出版社，2007。

东北部。自此之后，尽管“江南”在不同历史时期仍有所微调，但其核心区域逐渐稳定下来，至明代与清代达到定型。

清顺治二年(1645年)，朝廷设立江南省，省会设于江宁(今南京)，其行政管辖范围大致相当于现今的江苏省、上海市以及安徽省。然而，顺治十八年(1661年)，江南省被折分为江南右和江南左。康熙六年(1667年)，江南右改名为江苏、江南左改名为安徽，这一调整属于政治行政区划的变革。

李伯重在其论文《简论“江南地区”的界定》中指出，对于明清时期的江南，若作为经济区域来考量，其适宜的范围应为苏南浙北，即明清时期的苏、松、常、镇、宁、杭、嘉、湖八府，以及原属苏州府的太仓州。这些地区共同构成了太湖水系的一部分，在生态环境上具有内在一致性，且周围有天然边界将其与相邻区域明显区分，经济上彼此间的互动关系尤为紧密。李伯重从地理环境的整体性和经济联系的紧密度出发对江南的界定显得尤为恰当，故本文采纳其观点，并在论述中适当考虑当时的政治区划实际。①

为揭示清代古诗选本编选过程中所呈现出的显著地域不平衡现象，笔者对总计100多部此类文献进行了详尽调查，并专门统计了各选家的原籍信息。去除同一个选家多部选集的情况，统计出的选家有80人。为了清晰呈现这一特性，现附有表格(见表2—1)，直观展现了不同地域间的编者分布差异。对于那

---

① 李伯重:《简论“江南地区”的界定》,《中国社会经济史研究》1991年第1期。

些编纂者身份不明、尽管有编者署名但其生平难以考证的选家，不计入统计。如此筛选后，剩余的51位选家的籍贯确凿无误，并且占据了全部样本的63.8%，确保了本次统计的有效性和代表性。

表2—1　编者籍贯分布表

编号	选本名称	编者	籍贯	省、府、州属
1	《古诗源》	沈德潜	长洲	苏州府
2	《采菽堂古诗选》	陈祚明	钱塘	杭州府
3	《六朝选诗定论》	吴淇	长洲	苏州府
4	《古诗评选》	王夫之	衡阳	衡阳府
5	《五言古诗选》	王士祯	新城	济南府
6	《古诗赏析》	张玉穀	吴县	苏州府
7	《古诗解》	王尧衢	长洲	苏州府
8	《唱经堂古诗解》	金圣叹	吴县	苏州府
9	《榕村诗选》	李光地	安溪	泉州府
10	《历朝诗约选》	刘大櫆	桐城	安庆府
11	《八代诗选》	王闿运	湘潭	长沙府
12	《陶杜诗选》	查岐昌	海宁	杭州府
13	《汉魏六朝名家集》	丁福保	无锡	常州府
14	《十八家诗钞》	曾国藩	湘乡	长沙府
15	《诗比兴笺》	魏源	邵阳	宝庆府

续表

编号	选本名称	编者	籍贯	省、府、州属
16	《乐府英华》	顾有孝	吴江	苏州府
17.	《古诗笺》	闻人倓	余姚	绍兴府
18	《古诗约选》	曹锡宝	上海	松江府
19	《陶谢诗集》	姚培谦	金山	松江府
20	《汉诗统笺》	陈本礼	扬州	扬州府
21	《古谣谚》	杜文澜	秀水	嘉兴府
22	《宛邻书屋古诗录》	张琦	阳湖	常州府
23	《汉魏六朝诗三百首》	周贞亮	汉阳	汉阳府
24	《诗集广序》	朱嘉征	海宁	杭州府
25	《曹子建集》	丁晏	山阳	淮安府
26	《八代诗揆》	陆奎勋	平湖	嘉兴府
27	《玉台新咏注》	吴兆宜	吴江	苏州府
28	《汉诗说》	沈用济	钱塘	杭州府
29	《古诗十九首解》	张庚	秀水	嘉兴府
30	《诗原》	顾大申	华亭	松江府
31	《历代诗家》	范士楫	定兴	保定府
32	《汉魏六朝百三家集选》	吴汝纶	桐城	安庆府
33	《昭明选诗初学读本》	孙人龙	乌程	湖州府
34	《玉台新咏考异》	纪容舒	献县	河间府
35	《玉台新咏校正》	纪昀	献县	河间府
36	《玉台新咏定本》	梁章钜	长乐	福州府
37	《玉台遗响》	顾万祺	吴江	苏州府
38	《冯汝言诗纪匡谬》	冯舒	常熟	苏州府

续表

编号	选本名称	编者	籍贯	省、府、州属
39	《古诗钞》	祁理孙	山阴	绍兴府
40	《古诗正宗》	袁枚	钱塘	杭州府
41	《诗录》	王辰	太仓	太仓州
42	《历代诗选》	鲁超	会稽	绍兴府
43	《历朝诗选》	陈文田	泰州	扬州府
44	《历代名家诗赋钞》	蒲松龄	淄川	济南府
45	《汉魏诗钞》	钮孝思	常州	常州府
46	《汉铙歌十八曲集解》	谭献	仁和	杭州府
47	《合刻曹陶谢三家诗》	卓尔堪	仁和	杭州府
48	《六朝四家全集》	胡凤丹	永康	金华府
49	《历朝名媛诗词》	陆昶	吴县	苏州府
50	《评阅陶渊明集》	蒋薰	海宁	杭州府
51	《曹子建集》	朱绪曾	上元	江宁府

由表 2—1，得表 2—2：

表 2—2 “八府一州”籍贯分布表

府州属	苏州府	松江府	镇江府	常州府	江宁府	杭州府	嘉兴府	湖州府	太仓州	总数
籍贯数	10	3	0	3	1	8	3	1	1	30

通过表 2—2 可知，编选者中源自“八府一州”者共计 30 位，占所有有效统计籍贯（共 51 例）的比率高达 58.8%。若再结合当时的政治行政区划考量，将隶属江苏的扬州府（2 位编者）和

隶属浙江的绍兴府(3 位编者)纳入计算,来自这些特定区域的编者总数升至 35 人,占全部有效籍贯数目的68.6%,超过了三分之二。即便考虑到那些编者身份佚失或籍贯信息不详的案例,并将之计入全部 80 位编者之中,这一群体依然占据相当比例,达到了 43.8%。值得注意的是,对于那些身份佚名或籍贯未知的编者,是否同样出自江南地区实则未有定论,而即便在忽略这一不确定性的情况下,统计数据已然有力地揭示出清代古诗选本的编纂工作主要集中在江南一带,凸显出编选活动在地域分布上的显著不均衡。尽管其他地域亦存在编选活动,但在编选成果的质量、数量及影响力等方面,皆难以与江南地区相抗衡。

19 世纪法国文论巨擘丹纳曾强调,精神文明的产物,如同自然界的动植物之产出,唯有依据各自孕育其生成的特定环境方能得到恰如其分的理解。同样,对于清代古诗选本编纂地域的显著偏向性现象,我们也应当遵循这一原则,将其置于特定的社会文化语境中加以考察。"江南"一词在本书中绝非仅指涉地理空间上的界定,它承载着深厚的文化意蕴与历史积淀。清代众多古诗选本集中诞生于江南地区,究其根源,大抵可归结为以下几个方面:

一是江南经济的昌盛为古诗选本的编纂与刊印提供了坚实的经济基础。江南地区位于长江与太湖水系交汇之处,土地膏腴,气候宜人,交通畅达,工农生产条件得天独厚,自古即为经济要冲。司马迁在《史记》中便对楚越之地有过赞美之辞,描绘其

“地广人希，饭稻羹鱼，或火耕而水耨，果隋蠃蛤，不待贾而足，地埶饶食，无饥馑之患”①，以及江淮以南“无冻饿之人”②。随着晋室南迁，北方人口大量涌入，吴越地区的经济得到进一步提升，文化随之渐呈兴盛之势。隋朝开凿大运河，连通南北，商旅络绎不绝，凭借天然的地缘优势，江南经济步入快速发展轨道。唐中期以后，朝廷财政收入已严重依赖江南，韩愈有言：“当今赋出于天下，江南居十九。”③至晚唐，这种依赖程度更为显著，杜牧在《上宰相求杭州启》中直言：“今天下以江淮为国命。”④北宋名臣富弼总结当时经济形势指出：“伏思朝廷用度，如军食、币帛、茶盐、泉货、金铜、铅银，以至羽毛、胶漆，尽出此九道。朝廷所以能安然理天下而不匮者，得此九道供亿使之然尔。此九道者，朝廷所仰给也。”⑤所谓九道，包括淮南、江南、荆南、湖北、两浙、福建、广南东西，按李伯重的划分标准，大多属于江南范畴。史家范祖禹曾言：“国家根本，仰给东南。”⑥刑部侍郎王觌亦强调：“伏见东南诸路曩岁财用最为足，故自祖宗以来，军国之费，多出于东南。”⑦宋室南渡，携带着大量熟练工匠与先进生产技术，有力推

① ［汉］司马迁：《史记》，［刘宋］裴骃集解，［唐］司马贞索隐，张守节正义，清乾隆四年（1739年）刻本。

② ［汉］司马迁：《史记》，［刘宋］裴骃集解，［唐］司马贞索隐，张守节正义，清乾隆四年（1739年）刻本。

③ ［唐］韩愈：《昌黎先生文集》，宋刻本。

④ ［唐］杜牧：《樊川文集》，四部丛刊景明翻宋刻本。

⑤ ［宋］李焘：《续资治通鉴长编》，清光绪七年（1881年）刻本。

⑥ ［元］脱脱等：《宋史》，清乾隆四年（1739年）刻本。

⑦ ［宋］李焘：《续资治通鉴长编》，清光绪七年（1881年）刻本。

动了江南经济的飞跃式增长。范成大《吴郡志》中载，宣城、毗陵、吴郡、会稽、余杭、东阳等地风俗相近，皆因诸郡河泽丰饶，兼具海陆之利，珍宝汇集，故吸引商贾云集。彼时有“苏湖熟，天下足”之谚。岳珂也曾说：“尝观古昔中兴之业，或因东南全盛之基，规模虽狭于未宏，功业亦随其所就。”[①]明代大学士邱浚则指出：“天下财赋出于东南，而金陵为其会。”[②]张瀚《松窗梦语》生动描绘了江南经济的繁荣图景：

> 沿大江而下，为金陵，乃圣祖开基之地。北跨中原，瓜连数省，五方辐辏，万国灌输。三服之官，内给尚方，衣履天下，南北商贾争赴。自金陵而下控故吴之墟，东引松、常，中为姑苏。其民利鱼稻之饶，极人工之巧，服饰器具，足以炫人心目，而志于富侈者争趋效之……自安、太至宣、徽，其民多仰机利，舍本逐末，唱棹转毂，以游帝王之所都，而握其奇赢。休、歙尤夥，故贾人几遍天下……浙江右联圻辅，左邻江右，南入闽关，遂达瓯越。嘉禾边海东，有鱼盐之饶。吴兴边湖西，有五湖之利。杭州其都会也，山川秀丽，人慧俗奢，米资于北，薪资于南，其地实啬而文侈。然而桑麻遍野，茧丝棉苎之所出，四方咸取给焉。[③]

---

① ［宋］岳珂：《桯史》，学津讨原本。

② ［明］丘濬：《大学衍义补》，明成化刻本。

③ ［明］张瀚：《松窗梦语》，武林往哲遗著本。

这段文字描绘了江南地区，尤其是金陵及其周边地域的繁荣景象与经济特点。明中叶之后，资本主义生产关系的萌芽，率先在商品经济高度发达的苏州、杭州等地显现端倪。

清代的江南地区，在继承传统经济优势的基础上，加上清初统治者对工农业生产的高度重视，通过实施一系列诸如兴修水利、鼓励垦荒、减免税收、加大对农业的财政投入等政策，实现了经济的显著提升。农产品的商品化进程加快，形成了从棉花到棉布、从蚕桑到丝绸的完整产业链，标志性的织造业、茶盐业等代表当时最高生产力水平的行业在此汇聚，借助密集的水陆交通网络，产品畅销全国。如乾隆年间浙江民间流传的“金平湖，银嘉善”[①]民谣，生动揭示了江南工业生产之先进。

城镇的兴衰与区域经济活力紧密相连，其数量的增长与减少如同区域经济状况的风向标。通过对比王翔所统计的明代与清代江南市镇数量的巨大差异，即可直观感受到清代江南经济之繁荣。经济状况的起伏，对当地人文发展产生了深远影响。吴晗在《江浙藏书家史略》的序言中指出，一方人文之兴衰起伏，其关键往往在于该地经济状况之荣枯。前辈学者的示范引导，遗风余韵，激发后学竞相效仿，蔚然成风，共同塑造了丰富多元的文化景观。以江苏为例，常熟、金陵、维扬、吴县等地历来是藏书家群体的重心，各时期虽有交替兴盛，但总体而言，常熟因其

① [清]欧阳兆熊、金安清：《水窗春呓》，清光绪三年（1877年）排印本。

富庶，金陵、吴县因经济繁荣且为政治中心，维扬则因商贾云集，尤其在乾隆时期成为东南经济心脏。[①]

陈正祥亦曾赞许道："东南财赋地，江左人文薮。"[②]从市场经济视角审视，进入流通市场的宋诗选本实为一种文化商品。江南经济的繁荣使得读书人群体具备了较高的文化消费能力，这是经济条件对读者市场需求的有力推动。而宋诗选本在出版前，须历经搜集文献、购求稿件、借阅藏书、雇用抄写、专业校勘、书坊刻印、规模化生产等多个环节，各个环节均需相当的资金投入，而这恰恰得益于江南地区雄厚的经济实力所提供的坚实保障。

二是江南文化教育繁荣，孕育了大批优秀的古诗选家与读者群体。江南地区不仅在经济发展上表现出色，其文化教育同样处于领先地位。这一区域文化中心地位的上升可追溯至西晋末年的"永嘉之乱"，"永嘉之乱"与"安史之乱"及"靖康之难"一同构成推动华夏文化重心南移的三大历史浪潮。大规模的民族迁移带来了文化的深度交融，自东晋、南朝起，江南地区便已呈现出浓郁的文教气息，公立与私立教育机构兴盛，世家大族普遍以藏书、读书为风尚，以才学自傲。唐代史学家刘知几曾言："自晋咸、洛不守，龟鼎南迁，江左为礼乐之乡，金陵实图书之府。"[③]故此地民风崇尚礼仪规范，谈吐风雅，即使身处困厄，亦不忘研

---

① 吴晗：《江浙藏书家史略》，中华书局，1981，第118页。

② [清]宋如林修，石韫玉纂：《苏州府志》，清道光四年（1824年）刻本。

③ [唐]刘知几：《史通》，明万历三十年（1602年）刻本。

习经籍。宋仁宗嘉祐年间，吴孝宗在其《余干县学记》中记载："古者江南不能与中土等，宋受天命，然后七闽二浙与江之西东，冠带《诗》《书》，翕然大肆，人才之盛，遂甲于天下。"[①]尤其南宋时期，江南更是政治、经济与文化的重心，既是全国财税之源，又是人才荟萃之地。这种文化教育中心的地位一直延续至明清两代。明代归有光在《送王汝康会试序》中写道："吴为人材渊薮，文字之盛，甲于天下。其人耻为他业，自髫龀以上，皆能诵习举子应主司之试。居庠校中，有白首不自已者。江以南，其俗尽然。"[②]江南各地皆是如此。袁宏道在《初至绍兴》中感慨此地"士比鲫鱼多"[③]。清代朱彝尊亦云："汴宋南渡，莲社之集，江湖之编，传诵于士林。其后，顾瑛、偶桓、徐庸所采，大半吴人之作。至于北郭十友、中吴四杰，以能诗雄视一世。降而徐迪功颉颃于何李、四皇甫，藉甚七子之前。海内之言诗者，于吴独盛焉。"[④]屈大均亦赞美道："精华南国盛，文学大吴多。"[⑤]钱塘丁申则称："武林为浙中首郡，天水行都。声名文物，甲于寰宇。士多好学，家尚蓄书。流风遗韵，扇逸留芬。"俞樾更是赞叹："武林山水甲神州，文物东南莫与俦。"[⑥]

吴中、杭州等地作为江南风貌的微缩展现，其文化繁盛与教

① [宋]洪迈：《容斋随笔》，明崇祯三年(1630 年)刻本。
② [明]归有光：《震川集》，四部丛刊景清康熙十四年(1675 年)刻本。
③ [明]袁宏道：《袁中郎全集》，明崇祯二年(1629 年)刻本。
④ [清]朱彝尊：《曝书亭集》，四部丛刊景清康熙五十三年(1714 年)刻本。
⑤ [明]屈大均：《翁山诗外》，清康熙刻补修本。
⑥ [清]俞樾：《俞樾集》，清光绪二十五年(1899 年)刻本。

育兴隆密切相关。史书记载，江南乡野百姓即使生计仅足，亦深知以教子读书为要务。普通民众尚且如此，名门世家更是视教育为育才兴家之关键。从教育设施看，清代江南书院林立，几乎每一府、州、县皆设有书院或讲学之所，甚至女性亦有机会接受教育，打破"女子无才便是德"的旧观念。如《清代闺阁诗人征略》收录千余名女诗人中，单苏州一地就有 199 人之多，占总数近六分之一，足证江南地区对教育的高度重视。陈铁凡在梳理清代学者地域分布后指出，苏、浙、皖、赣、闽五省学者数量占全国总量约七成，其中江苏省占比近三分之一，此乃江南教育繁荣之明证；进士的高产出亦是教育发达的有力佐证。据范金民统计，明清两朝共录取进士 51681 人，其中明代 24866 人，清代 26815 人。江南地区共贡献进士 7877 名，占全国总数 15.24%，明代进士 3864 名，占全国 15.54%，清代进士 4013 名，占全国 14.95%。综观明清两代，每七个进士中至少有一位出自江南，这一比例无疑在全国范围内独占鳌头。

通过清代古诗选本编纂地域的不均衡态势，可观察到从清初乃至更早时期，北方曾是主导力量，随着时间推移，重心逐渐南移，这一转变与江南地区自宋代以来在出版印刷业中所占据的重要地位密不可分。尽管在某些时期江南稍逊于福建，但万历以后，江南地区出版印刷业终于脱颖而出，其中以苏州、杭州、南京为核心，湖州、无锡、常州、松江等城市亦颇具影响力。如谢肇淛曾赞誉湖州、南京、徽州为全国刻书工艺最为精湛之地，胡应麟亦指出江南地区出品了全国七成以上的书籍。至清代，官方出版业日渐式微，刻书以私营为主导，至康熙十年(1671年)，印刷业更建立了行业公会。江南地区集聚全国大量私家藏书，成为私营出版业繁荣的一大优势。著名藏书家毛晋即在其家中设立“印书作”，刻印自家“汲古阁”所藏典籍，是江南私营刻印业的典型例证。

综上所述，对清代古诗选本编选特点的梳理，明确揭示了如下两个核心特征：一是清代古诗选本编选者身份的多样性；二是编选活动在地域分布上的显著不均衡。清代古诗选本不仅是清代诗学价值的具象展现，更与当时的政治、经济、教育等社会层面紧密交织。因此，对清代古诗选本编选特性的探究，既有助于传承与发扬古代诗学理念，又能够洞悉清代社会各领域的实际状况与存在问题。

第三章　清代古诗选本的存轶与述评

邹云湖在《中国选本批评》中曾给选本做了如下定义：选本是指选者按照一定的选择意图和选择标准，在一定范围内的作品中选择相应的作品编排而成的作品集。[①] 邓成林认为研究中古诗歌，当留意后代的诗歌选本，选本是一种批评方式，既反映选家的诗学理念，又表现诗人的接受情况。[②] 古诗选本经过六朝的发轫期、唐宋的初步发展期以及明代的高速发展期[③]，到清代渐入发展的繁荣期，产生了许多优秀的作品，如《采菽堂古诗选》《古诗评选》《五言古诗选》以及《十八家诗抄》，都具有重要的文学价值和批判意义。本部分首先梳理清代古诗选本的存佚和分类，为本研究从根本上提供充足的研究文本和范围；之后深入探讨清代最具代表性的四本古诗选本，即《采菽堂古诗选》《古诗评选》《五言古诗选》以及《十八家诗抄》，从选编作者、选编篇目、选

---

① 邹云湖：《中国选本批评》，上海三联书店，2002，第 1 页。

② 邓成林：《从明清古诗选本看江淹、鲍照文学史地位之变化》，《安阳师范学院学报》2015 年第 6 期。

③ 解国旺：《论明代古诗选本在中国古代文学批评史上的地位》，《电影评介》2007 年第 2 期。

编原则、选编特色、诗学思想、批判主张等维度展开全面分析，以梳理每本选本的特点，进而为总结整个清代时期古诗选本的特色和价值提供充足的材料和内容基础。

第一节 存佚和分类

古诗选本除了具有文学总集那种“文章之衡鉴，著作之渊薮”的功能外，还是重要的文学批评形式[①]。选本中作品的编选，体现出选家的文学主张和审美趋向，并通过阅读过程作用于读者，对诗歌创作产生影响。[②] 古诗选本，不仅反映编选者的审美眼光，成为其诗学理论的批评实践，也可表现作家作品在后代的接受与传播。研究古诗选本选目的变化，可以揭示作家作品在文学史上地位的变化；研究选目与编选者诗学理论的关系，不仅可以深化诗学理论研究，而且可以揭示作家作品在文学史上地位变化的深层原因。[③] 本部分将着眼于按照通代诗选、断代诗选、诗人合选以及个人诗选的分类依据，对清代现存的古诗选本进行分类总结和列举，为后文深入探讨个别选本的特色以及全面总结整个清代时期选本的特点提供坚实的研究基础。

---

① 韩胜：《清代唐诗选本研究》，博士学位论文，南开大学文学院，2005。

② 李文辉：《清代古诗选本选评鲍照诗歌研究》，硕士学位论文，河南大学文学院，2020。

③ 邓成林：《从明清古诗选本看江淹、鲍照文学史地位之变化》，《安阳师范学院学报》2015年第6期。

一、通代诗选

通代诗选是指跨越多个朝代、涵盖较长历史时段的诗歌选集。这类选本旨在系统性地选取并编排自某一较早历史时期直至编选时代或接近编选时代的众多优秀诗歌作品，旨在展现一个较长历史跨度内的诗歌艺术发展脉络，呈现不同时期、不同风格、不同流派诗人的代表作，以及诗歌题材、形式、语言、审美等方面的演变历程。清代部分通代诗选也会大量选择汉魏六朝古诗，也是本书的研究对象。部分清代古诗选本中的通代诗选整理如下：

1. 陈祚明《采菽堂古诗选》

清初陈祚明评选，现有版本为康熙四十五年（1706 年）刻、康熙四十八年（1709 年）校刻本 16 册，藏于天津图书馆。

《采菽堂古诗选》选先秦至隋代诗歌，共计 4487 首。又名《采菽堂定本汉魏六朝诗钞》，三十八卷，附补遗四卷。陈祚明（1623—1674）编，用其书斋的名字命名此书。从各个朝代入选的诗歌数目分析来看，陈祚明选诗以汉魏诗歌为典范，推崇汉魏，而又不抹煞六朝诗歌在诗歌演进史上的重要地位，以全景式的选目，表现出汉魏六朝诗歌的全貌。所收录的诗人，汉代 56 人、曹魏 26 人、两晋 75 人、刘宋 37 人、南齐 18 人、梁 88 人、陈 50 人、北朝 44 人、隋 56 人，共 450 位（无名氏不计），可谓包罗众生。帝王将相、士大夫阶层，以及僧侣道人、婢女走卒，甚至无名氏，皆在入选之列。此书以明代《古诗纪》为蓝本选编，收集了汉魏六朝时期乐府和文人的佳作，特别推崇陶渊明的诗，陶诗几乎全部选入。此外，则多取曹植、阮籍、谢灵运、鲍照、沈约等人的诗作。此书前有凡例，诗后都有评语，诗题下面还有对于作者的介绍，评价也以诗的艺术特色为主，为后来的选诗家所重视，多加引用。《采菽堂古诗选》是一部具有巨大理论价值和学术价值的古诗选本，但自清乾嘉以后流传不广。陈氏死后，该书于康熙四十八年(1709 年)由他的学生翁嵩年刊行。

2. 刘大櫆《历朝诗约选》

清代刘大櫆辑，光绪二十一年(1895)文徵阁刻本 22 册，藏于天津图书馆。

选本年代涵盖汉魏六朝、唐宋元明，至清乾隆间而止。“当代”类为数尤多，其中大量书名冠以“国朝”。(需要说明的是，在此通代、“当代”两类之外，某些总集名义上收到明代为止，甚至成书于明朝末年，实际上其收录作家却有进入清代者，或入清以后才开始诗歌创作、留下作品，甚至有的出生于清代，可以视之为跨代清诗总集。)《历朝诗约选》九十三卷，但实为九十二卷，总目中有“右历朝诗约选九十二卷(内第五十七卷分上下，实有九十三卷)”等语，故各书目著录均为九十二。

3. 顾大申《诗原》

清代顾大申辑，中华古籍资源库中有《诗原》共五集，其中《诗原》一集四卷，《诗原》二集五卷，《诗原》三集五卷，《诗原》四集四卷，《诗原》五集七卷。现存清顺治和鹤堂刻本。顾大申自著有《堪斋诗存》八卷，《诗原》二十五卷，与《鹤巢集》《鹤巢乐府》等并行于世。

此编以诗教之源起追溯至《诗经》三百篇，继而至屈原、宋玉，则有王逸所作《楚辞章句》以传其韵；至汉、魏、六朝时期，则有梁昭明太子萧统编纂之《文选》，以选录当时诗赋精华；至于唐代之诗，则以明李攀龙所编《唐诗选》最能保存唐诗之独特风貌。据此，编者综合诸家选本，汇编成五部诗集：

第一集，名为《毛诗》，四卷，附载子夏所作之序，以呈现《诗经》原貌；

第二集，名为《楚词》，五卷，详述王逸所著《楚辞章句》，以诠释屈、宋之辞；

第三集，名为《选诗》，五卷，辑录历代精选诗歌；

第四集，名为《选赋》，四卷，收录《昭明文选》中所选各类赋作；

第五集，名为《唐诗》，七卷，收录李攀龙《唐诗选》中所选唐人佳作。

各集诗作均配以音义注解，整编成册，命名为《诗原》。每一集前均附有编者自撰之序言，以阐明编选宗旨与选录标准。其中，《诗经》三百篇因其在儒家经典中的崇高地位，被尊为《六经》之一，体现了诗教之滥觞，因此排在卷首。此《诗原》集，旨在通过系统整理历代诗歌选本，为读者提供一部全面了解中国诗歌传统之源流演变、各时期风貌及重要诗人作品的综合性文献。

4. 王闿运《八代诗选》

晚清王闿运撰，清光绪刻本8册，藏于天津图书馆，共计二十卷。

这是一部汉魏至隋朝八代诗歌选集，收录了两汉、三国、晋、宋、齐、梁、陈、隋八代共3000多首诗歌，是“汉魏六朝诗派”从事诗歌创作的范本。王闿运世称湘绮先生，《清史稿·王闿运传》曾称，他的诗可以和阮籍、左思媲美。王闿运曾任肃顺家庭教师，后入曾国藩幕府，授翰林院检讨，加侍读衔，辛亥革命后任国史馆馆长。

5. 沈德潜《古诗源》

清代沈德潜撰，共十四卷，《四部备要》中有《古诗源》十四卷，461册。

《古诗源》选辑了先秦至隋各个时代的诗歌，共七百余首，分十四卷。因其内容丰富，篇幅适当，笺释简明，遂为近代流行的古诗读本。这是一部带有资料性质的选本，收录作品较为广泛，唐以前的一些著名诗篇(除《诗经》《楚辞》外)，大多数都已选录在内，而且还从一些古书中辑录了不少民歌谣谚，内容比较丰富，可作为阅读、研究古代诗歌的参考。

6. 李嶂《八代诗截玉集》

清代李嶂辑，中华古籍资源库中收有其孙李泰阶抄本。《八代诗截玉集》共有首集、次集、三集、末集，并附集外诗目录。

7. 杜文澜《古谣谚》

清杜文澜辑，现有清咸丰十一年(1861年)曼陀罗华阁刻本,藏于天津图书馆。

《古谣谚》共一百卷,共引书达860种,收入了先秦至明代的谣谚3300余首,而且逐首引述本事,注明出处,遇有疑难还加以考解。谣谚大多出自民间,反映了当时人民对社会的认识,特别是对当时政治的看法。而谣谚的流传,又直接影响到当世和后代诗歌创作的发展。从这个意义说,《古谣谚》一书是研究我国历史和文学的重要资料。

8.张琦《宛邻书屋古诗录》(清志作《古诗录》)

现存有清道光十年(1830年)—十二年(1832年)刻本,白口,左右双边。

是书在清乾嘉时期出现的诸多倡导诗抒性情的古诗选本中自成一格,内收录汉至隋诗人171家,诗1118首,乐府歌词208首,无名氏诗36首。分为汉诗二卷,魏诗二卷,晋诗二卷,宋诗二卷,梁诗二卷,陈诗一卷,北周诗一卷,计十二卷。书首收编者所写序言,落款时间为"嘉庆二十年冬十有一月",序言末刻印"京都琉璃厂中间路南文德斋史鸿德镌"字样,版心下部亦印有"宛邻书屋"4字。张琦(1764—1831),字翰风,号宛邻,江苏阳湖(今常州)人。清道光举人,曾任章丘、馆陶知县。工诗古文,精舆地之学。

9.范士楫、戴明说辑《历代诗家》

《历代诗家》选录西汉至明末诗歌,共有初集五十六卷、二集八十六卷。有顺治十三年(1656年)至十四年(1657年)常熟毛氏汲古阁递刊本。

10. 范良《诗苑天声》

《诗苑天声》二十二卷，其目录内容一共分为五个主要部分，分别是应制集四卷，应试集三卷，朝堂集七卷，馆课集六卷，历代乐章二卷。收藏于普林斯顿大学东亚图书馆。

11. 吴汝纶《汉魏六朝百三家集选》

明人张溥选汉代至隋名家103人的作品编成《汉魏六朝一百三家集》，颇有影响，惜贪多务，未能尽善，后有清人吴汝纶又从中选出68人，编为此书，并有名家批注。

12. 丁福保选编《汉魏六朝名家集初刻》

近人丁福保编，共一百八十六卷。收录汉魏六朝名家40人之作，诗文兼采。诗主要以冯惟讷《古诗纪》为本，文则多采自严可均《全上古三代秦汉三国六朝文》。取材基本不出前人范围，考订也有欠精严。有清宣统三年（1911年）排印本。

13. 王夫之《古诗评选》

清代王夫之辑，《重刊船山遗书》中有《古诗评选》六卷，清同治四年（1865年）金陵曾国荃刻本100册，现有藏本藏于天津图书馆。

收汉魏晋至南北朝、隋代诗821首并进行评论，包括诗歌创作和诗歌批评等方面的内容，系王夫之晚年所作。在诗歌创作方面，他认为诗人要获得典型的审美意象。本书最初由湖南官书局于民国六年（1917年）铅印出版，前有萧度、刘人熙序。1933年太平洋本《船山全书》编入第十四册。

14. 王士祯《五言古诗选》,又名《古诗选》

《四部备要》中有《古诗选》三十二卷,460 册。全书共三十二卷,前十七卷选汉至唐的五言古诗,后十五卷选先秦至元的七言古诗。

15. 闻人倓《古诗笺》

哈佛燕京中文特藏中有《古诗笺》。

16. 金圣叹《唱经堂古诗解》

哈佛燕京中文特藏中有《唱经堂古诗解》一卷。

17. 朱嘉徵《诗集广序》和《乐府广序》

现存清康熙清远堂刻本。

《乐府广序》不仅立足于六义,将所收 350 首汉魏乐府分为风、雅、变雅、颂四大类,而且还在 300 多条小序中,对包含其中的风、雅、颂、比、兴进行了一一揭示。集"集考""集评""序曰"等多种形式于一体的"综合笺释",使得乐府诗"笺释类批评"的形式更为丰富多彩。朱嘉徵为乐府诗批评史上将校注引入"笺释类批评"的第一人。

18. 顾有孝《乐府英华》

《四库存目辅编》中有《乐府英华》十卷,33 册。江苏巡抚采进本。

顾有孝,字茂伦,吴江人士。在其自序中,顾有孝提及自汉至唐,乐府诗集有数十家之多,其中以郭茂倩之《乐府诗集》、左克明之《乐府》、吴兢之《乐府古题要解》、郄昂之《题解》、沈建之《广题》以及徐献忠之《乐府》等著作最为知名。他指出,各家对乐府诗均有独到的见解，因此他决定取各家之长，对这些著作进行综合参订。

然而，在分类方面，顾有孝之作多沿袭郭茂倩《乐府诗集》的原有类别，对乐府诗的体制并未进行深入的考订。编纂特色主要体现在他在每首乐府诗下附加简要注释，并附以评语。顾有孝编纂乐府诗集的主旨在于精选诗作，与吴、郭等前贤侧重于全面收录或详细解析乐府诗的做法有所区别。换言之，顾有孝更侧重于从诗选的角度，对乐府诗进行品评与解读，而非进行全面的文献整理或学术研究。

综上，《乐府英华》在继承前人研究成果的基础上，以选诗为主旨，对乐府诗进行了注释与评析，虽在分类上沿用了郭茂倩《乐府诗集》的框架，但在选诗与评注方面展现了自身的独特视角与审美取向。《乐府诗集》的编纂目的与吴、郭等前贤的乐府诗集有所差异，更加侧重于从诗选的角度对乐府诗进行品评与解读。

19. 吴汝纶《古诗钞》

《古诗钞》二十卷，清代吴汝纶编，民国十七年（1928 年）武疆贺氏都门刊本。一函 12 册，大开本。书名由徐世昌题署。

《古诗钞》是我国著名的古代诗歌集，收录了汉代至元代 72 位诗人的 1800 余首诗歌。编者吴汝纶，晚清著名学者、文人和杰出教育家。曾国藩在日记中写道："吴挚甫来久谈，吴，桐城人，本年进士，年仅 26 岁，而古文、经学、时文皆卓然不群，异材也。"吴挚甫即是吴汝纶。

20. 王尧衢《古唐诗合解》

靖江市图书馆藏本为清雍正十年(1732 年)刻本,匡高 25 厘米,宽 15.5 厘米。半页 10 行,行 21 字,小字双行同,白口,单鱼尾,左右双边,存二卷(一至二)。

《古唐诗合解》是成书于清雍正年间的一部诗歌选集,作者为长洲(今江苏苏州)人王尧衢。《古唐诗合解》又称《古唐诗合解笺注》,由古诗及唐诗两部分构成。在明清两代众多的唐诗总集中,王尧衢编的《古唐诗合解》是一部流传较广的本子。论诗以自然、神化为极致,选诗喜词意悠长者,注诗重视诗之法。其优长处在于诗的串解。尽管当时学者对其颇有微词,但作为一部清代至民国年间流传较广的诗歌选本,仅从诗歌传播角度看,其能拥有众多读者,就应引起治诗者的注意。

21. 陆奎勋《八代诗揆》

现存清章氏经济堂刻本。

二十卷,选录汉魏六朝八代诗歌,按四言、五言、齐以后新体诗、杂言、郊庙乐章、颂德乐词、歌谣杂体等 7 类分列。诗选体现了编者崇尚汉魏六朝诗歌和骈文的倾向。

二、断代诗选

断代诗选,是指按照特定历史时期,如朝代、政权更迭或某一时间段,对这一时期内产生的诗歌作品进行系统性挑选、整理与编纂的诗集。此类选本专注于某一特定历史阶段的诗歌风貌，旨在全面展现该时期诗歌艺术的发展轨迹、主题内容、艺术风格、诗人阵容以及与当时社会文化背景的互动关系。“断代”出自《通志·总序》：“自班固以断代为史，无复相因之义。虽有仲尼之贤，亦莫知其损益。”清代周中孚《郑堂札记》卷三载：“荀悦袁宏断代为史，本是编年正格。”这里所谓“断代”，主要针对不同时代诗人而言。清人与民国时人编有这样一类诗歌选本——编者名义上到明代为止，但实际上有进入清代者，或入清以后才开始诗歌创作、留下作品，甚至有出生于清代者，本文称这部分选本为断代类清代古诗选本。

1. 陈本礼《汉诗统笺》三卷

清嘉庆十五年（1810 年），襄露轩刻本 2 册，现有藏本藏于天津图书馆。共包括郊祀歌、铙歌、安世房中歌三部分，故又名《汉乐府三歌笺注》。汉诗之中，以此三种最为难读。陈氏以为包括李因笃注在内，历代注释皆未得其精义，故博采文献，并参考时彦研究成果，于上述诗歌中“词奥义微难析理者”加以详注，使读者阅读汉乐府时，凡有关章法、旨趣等疑问皆可豁然得释，为研究汉乐府词必不可少的参考书。

2. 陈沆《诗比兴笺》

清陈沆撰，清光绪九年（1883 年）刻本 2 册，现有藏本藏于天津图书馆。一谓此书系魏源寓居陈沆家中所作，用陈沆名义刊行。共四卷，选录汉魏乐府古诗及自汉迄唐文人五七言古诗 400 余首，加以笺释，着重推测作者意旨所在。但笺释未能精当。有清咸丰年间刻本。

3. 魏源《诗比兴笺》

此书为“以笺古诗三百篇之法，笺汉魏唐之诗”的《诗古微》之继续，只是后来陈沆之子“遂其孝思”，才称为陈沆所作，署名陈沆而刻印成书。

4. 沈用济、费锡璜撰《汉诗说》

该书成书于清代康熙年间，为刻本形式。其版本规格为每页 9 行，每行 19 字，采用黑口、左右双边的版式布局。在四部分类法中，该书被归入“集”与“总集”类别。

《汉诗说》一书是在借鉴冯惟讷《诗纪》与梅鼎祚《诗乘》两部著作中收录的汉代诗歌基础上，进行简要的评注与解释。卷首设有凡例，阐述编撰原则与方法，理论上持论高远，然而实际评释内容却显得草率粗疏。具体表现在：

对待汉代铙歌、鼓吹曲等音乐诗歌过度解读：沈约在《宋书·乐志》中明确指出，这类诗歌是“声词合写”，即歌词与乐曲紧密结合，无法单独分离辨识。因此，原本并无独立的文义可供推敲。然而，《汉诗说》却试图强行寻找并构建其文义，导致过度解读，出现了牵强附会的现象。

对入乐诗歌与非入乐诗歌的区别认识不清：《汉诗说》未能清晰区分原本为配合音乐演唱而创作的诗歌（入乐之词）与一般文学意义上的诗歌（非入乐之词）。两者在创作目的、艺术形式、表达手法等方面存在显著差异，不应混为一谈。

综上，《汉诗说》虽有整理与研究汉代诗歌的初衷，但在具体评释过程中，因对诗歌音乐特性的忽视与理解偏差，导致评释内容不够严谨，存在过度解读与混淆两类诗歌性质的问题，这在一定程度上削弱了该书作为汉诗研究参考的价值。

5. 张庚《古诗十九首解》

此书被收入《丛书集成初编》这一大型文献集成系列中，具体位于该丛书的第五十七册，归属于“文学类”。

《古诗十九首》是中国古代五言诗的杰出代表作，以其深沉的人生哲思、真挚的情感表达和高超的艺术成就备受后世推崇。张庚的《古诗十九首解》旨在深入剖析这十九首诗的内涵，对诗中涉及的主题、情感、意象、艺术手法以及文化背景等方面进行详细解读和阐释，帮助读者更全面、深入地理解和欣赏这些经典诗篇。

6. 吴淇《六朝选诗定论》

《四库存目辅编》中有《六朝选诗定论》十八卷，11 册。

吴淇所著《六朝选诗定论》是一部系统研究与评论六朝时期诗歌的学术著作。此书的“六朝”指汉、魏、晋、宋、齐、梁六个朝代，这一历史时期是中国古代文学发展的重要阶段，尤其是诗歌创作呈现出繁荣多元的景象，对后世产生了深远影响。此书旨在对这一时期的代表性诗歌进行精选、评析与理论总结。

7. 李因笃《汉诗音注》

《四库存目辅编》中有《汉诗音注》十卷。

《汉诗音注》是一部专注于汉代诗歌语音注解的学术著作。全书共十卷，详细标注了汉诗中的字词读音，这对于理解汉诗的原始发音、辨析多音字、异读字以及古代特殊语音现象具有重要意义。汉代诗歌的语言与现代汉语相隔甚远，许多字词的读音已经发生变化，李因笃通过严谨的考据，利用自己丰富的音韵学知识，为读者还原了汉诗的语音面貌，有助于读者更准确地理解诗歌的格律、韵脚及音韵美。

8. 季贞《汉魏诗选》(又作《汉魏六朝诗选》)

《汉魏六朝诗选》共选录自汉至隋诗约 300 首，每首诗后均附有扼要的作者小传，小传后则是简明的注释，对诗的主旨及较难的词句都一一说明。

三、诗人合选

1. 卓尔堪《三家诗》(又作《合刻曹陶谢三家诗》)

《三家诗》以曹植、陶渊明、谢灵运三位古代文人诗人的作品为主体，合编为一集。是书大约刊刻于康熙四十四年(1705 年)或四十五年(1706 年)，其中包含了编者卓尔堪对所选诗作的评点。卓尔堪的评点涉及对诗歌艺术特色的解析、对诗人思想感情的揣摩、对诗歌创作背景的介绍等，旨在帮助读者深入理解与鉴赏这些经典诗篇。

2. 曾国藩《十八家诗钞》

《续修四库全书》中有《十八家诗钞》二十八卷，有同治十三年(1874 年)传忠书局刻本，1926 年上海中原书局圈点详注本等。

《十八家诗钞》是曾国藩于清代咸丰年间编纂的一部大型诗

歌选集，收录了魏晋南北朝至宋金时期大量知名诗人的优秀作品，其中古近体诗的数量达到了6599首之多，涵盖了五古、七古、五律、七律、七绝等，这些诗的作者包括曹植、阮籍、陶渊明、谢灵运、鲍照、谢朓、李白、杜甫、王维、孟浩然、韩愈、白居易、李商隐、杜牧、苏轼、黄庭坚、陆游、元好问等。曾国藩不仅关注诗人的名篇佳作，还特别注重选取能够反映诗人独特风格和思想情感的诗作，以展现每位诗人的个性风貌。此外，曾国藩还在选编过程中融入了自己的文学观和审美倾向，对入选诗歌进行了精到的评点和注释，使得《十八家诗钞》不仅是一部诗歌选集，也是一部具有较高学术价值的诗学研究著作。

3. 姚培谦《陶谢诗集》

清姚培谦编，十三卷，有乾隆年间姚氏刊本。

《陶谢诗集》主要汇集了东晋诗人陶渊明和南朝宋、齐诗人谢灵运、谢惠连、谢朓的诗歌作品。其编纂旨在集中展示四位诗人的艺术成就，为研究和欣赏东晋至南朝宋、齐时期诗歌提供了重要文献。该书作为善本，具有较高的文献价值和收藏价值。

4. 杨逢辰《建安七子集》

现有清光绪十六年(1890年)长沙杨氏坦图刻本7册，藏本藏于天津图书馆。

《建安七子集》乃清代杨逢辰仿照张溥《汉魏六朝百三家集》编纂而成。“建安七子”是建安年间七位文学家的合称，包括孔融、陈琳、王粲、徐干、阮瑀、应玚、刘桢。

四、个人诗选

1. 陶澍集注《靖节先生集》

晋代陶渊明撰，清代陶澍集注，含《诸本评陶汇集》一卷（陶澍辑），《靖节先生年谱考异》二卷（陶澍撰），清道光二十一年（1841年）刻本，存于国家图书馆。

全书分十卷，附首一卷，末一卷。卷一，四言诗；卷二、三、四，五言诗；卷五，赋、辞；卷六，记、传、述、赞；卷七，疏、祭文；卷八，五孝传；卷九，集圣贤群谱录上；卷十，集圣贤群谱录下、诸家评陶汇集。

2. 邱嘉穗《东山草堂陶集笺注》

五卷，清邱嘉穗评注，清光绪八年（1882年）汉阳邱氏重刻本，存于天津图书馆。

3. 詹夔锡撰《陶诗集注》

詹氏宝墨堂清康熙三十三年（1694年）刻本，8行19字，白口，左右双边，章钰校并跋。

4. 蒋薰《评阅陶渊明集》

四卷。该书体现了蒋薰研究“陶学”的成绩，在充分吸收元初李公焕《笺注陶渊明集》相关成果的基础上，增入了部分明代学者及蒋薰自己关于陶渊明及陶诗的评注文字，为明末清初“陶学”研究较有特色的成果，对考察此时期陶渊明的接受与传播史很有参考价值。

5. 吴瞻泰《陶诗汇注》

清人吴瞻泰著，四卷，康熙四十四年（1705 年）刻本，10 行 19 字，白口，四周单边。《陶诗汇注》成书于陶学发展的第二个高潮期，是研究陶渊明诗的一部重要专著。《陶诗汇注》主要运用训诂、考据等注释方法。《陶诗汇注》的特点有三：一是分析陶诗炼字之妙，二是分析陶诗炼句之妙，三是揭示陶诗运用之艺术手法——翻案法。

6. 马璞《陶诗本义》

四卷，笺释了陶渊明全部的诗作。马璞的笺释着重于阐述诗歌主旨、疏通诗句意思，而不局限于文字的解释，并遵循“知人论世”的原则，通过探寻诗人的时代背景与生活环境，来揭示诗作的意思。

7. 温汝能《陶诗汇评》

《陶诗汇评》一书汇集前人对陶渊明诗歌与苏轼“和陶诗”的笺注与评论，同时又有温汝能创新性的评语，是研究清代陶学的重要参考资料。

8. 朱绪曾辑《曹子建集》

四卷，三国魏曹植撰，清朱绪曾辑，现存清抄本。

9. 丁晏诠评《曹集诠评》

十卷，三国魏曹植撰，清丁晏诠评，同治十一年（1872 年）金陵书局刻本，存于天津图书馆。

10. 丁晏辑《枚叔集》

一卷，汉枚乘撰，清丁晏辑，《续修四库全书》第一三零三册中有《枚叔集》一卷。收录的内容主要包括枚乘存世的赋、诗、文等不同体裁的文学作品。其中共收录了9首古诗，但是有8首均出自《古诗十九首》，源自《玉台新咏》。有《楚州丛书》本。

11. 吴兆宜《庾开府集笺注》

北朝周庾信著，清吴兆宜注，十卷，存于《文渊阁四库全书补遗》第一册。

第二节　清代部分重要古诗选本述评

清代古诗选本之浩繁，本次研究所涉及者如前文所述，实为冰山一角。诚然，无数未曾收入研究视野的优秀选本犹如遗珠散落，期待未来能被发掘整理。虽力求尽善尽美，但鉴于时间和精力所限，数百种古诗选本难以逐一详尽评析。故此，本文选择对具有典型意义的选本进行客观评述，旨在抛砖引玉，以期引起学界同人更深入的探讨。中国古诗选本之"评"，实乃一种带有主观色彩的选录态度与审美主张，选者主体意识的差异赋予了各类选本各具特色的审美个性。现将对清代部分重要古诗选本的评述与整理列举如下。

1. 陈祚明《采菽堂古诗选》

陈祚明，字胤倩，号稽留山人，浙江钱塘人士，是清初兼具诗人与诗文选家身份的人物。其生于明熹宗天启三年(1623年)，逝于清圣祖康熙十三年(1674年)。他所编纂的《采菽堂古诗选》是一部收录自先秦至隋代诗歌的选集，展现了这一漫长历史时期诗歌艺术的发展脉络与丰富面貌。陈祚明不仅在诗文选编领域成就斐然，更是一位才华出众的诗人，其诗集《稽留山人集》流传至今。他虽身为平民布衣，却在当时诗坛占有一席重要之地，且赢得了后世众多学者的高度关注与认可。作为清初的诗人兼诗文选家，其《采菽堂古诗选》不仅体现了个人深厚的文学修养与敏锐的审美眼光，更在当时及后世产生了重要影响。

以下为《采菽堂古诗选》的主要特点与内容概览：

广泛选录：《采菽堂古诗选》共收录了 450 位诗人（不包括无名氏）的作品，所编选的诗人名录涵盖了汉代 56 人、曹魏 26 人、两晋 75 人、刘宋 37 人、南齐 18 人、梁 88 人、陈 50 人、北朝 44 人以及隋代 56 人，囊括了帝王将相、士人阶层、僧侣道人乃至底层民众和佚名作者，展现了广泛的社会层面与文学风貌。共选录先秦至隋代的诗歌共 4487 首。

以汉魏为典范：陈祚明在选诗时以汉魏诗歌为标杆，对这两个时期的诗歌给予了极高的评价与重视。据统计，《采菽堂古诗选》中汉代与魏代诗歌的入选比例分别达到当时所存汉代与魏代诗歌的 61% 和 57%，接近三分之二，彰显了他对汉魏诗学传统的推崇。另外，在《采菽堂古诗选》中体现出陈祚明对《古诗十九首》与古乐府诗的重视，他认为它们以言情、叙事见长，体现了他对诗歌艺术功能与表现手法的独特见解。他强调由近体诗追溯至梁、陈，再由梁、陈回溯至晋宋，最终归结于汉、魏，认为这才是诗歌之源，这种观念与明清时期古诗选家对汉魏诗歌的认识相契合。

兼顾六朝诗歌:虽然陈祚明以汉魏诗歌为尊,但他并未忽视六朝(西晋、东晋、宋、齐、梁、陈)诗歌的重要性。他认识到六朝诗歌在诗歌发展史上的关键地位,通过全景式的选目,全面展现了六朝诗歌的独特风格与艺术成就,展现了汉魏六朝诗歌的整体风貌。陈祚明在很大的程度上沿袭了杨慎、张溥、陈子龙等人对六朝诗歌的看法,但与杨、张、陈等人不同的是,他是从美学的角度赞赏六朝诗歌的。他说:"才思各有所寄,就其一时之体,充极分量,亦擅一长。况清丽如六朝者乎?六朝体以清丽兼擅,故佳。丽而不清,则板;清而不丽,则俚。人以六朝为丽,吾尤赏其清也。"在陈祚明看来,"清",是六朝诗歌独具的、有别于汉魏与唐宋以后诗歌的美学形态。陈祚明对具有这种美学形态的六朝诗歌极为欣赏,显然,六朝诗歌呈现出来的美学形态,与他的审美趣味是一致的。因此,他从美学的角度肯定了六朝诗歌在中国文学史上的价值,表现出了与唐宋人对六朝诗歌迥然不同的看法。

庞大的诗歌数量:《采菽堂古诗选》总计选录了 4487 首诗歌,涵盖了汉代至隋代的大量作品。通过对各朝入选诗歌数量的分析,可以深入了解陈祚明对各时期诗歌的评价与偏好。《采菽堂古诗选》凡例的开头就提出:"今选者多挟持己意,豫有所爱憎",所以"不足以观变、尽众长"。故而他希望选出一部客观公允,可以体现诗学演变和历代优秀诗歌的古诗选本。这就是他的诗学理想,选本庞大的诗歌数量与历代诗歌的全面选择正是他这种诗学理念的体现。

独特的评点:《采菽堂古诗选》文末所附的评点也是非常值得重视的。陈祚明对诗人的总评,以及诗篇之后具体的分析评论,都具有自己精辟独到的见解,修正了许多以往的看法。这对于探究清初诗观的建立具有重要意义。

综上所述,陈祚明的《采菽堂古诗选》是一部内容丰富、选录广泛,以汉魏为典范,兼顾六朝诗歌,具有深刻诗学观念的古诗选集,对于研究中国古代诗歌史、了解各时期诗歌风貌、探索诗学传统具有重要参考价值。

2. 刘大櫆《历朝诗约选》

《历朝诗约选》是一部涵盖多个朝代的诗歌选集,由清代著名文学家刘大櫆编纂。刘大櫆(1698—1780),字才甫,一字耕南,号海峰,安徽桐城人,是桐城派的重要代表人物,以散文创作和诗学理论著称。

正如书名所示,《历朝诗约选》囊括了中国历史上多个朝代的诗歌作品,旨在呈现中国诗歌艺术的源远流长与博大精深。通过选录不同时期的代表诗作,刘大櫆力图勾勒出中国诗歌发展的历史脉络与艺术风格变迁。

刘大櫆在编选过程中,秉持"约选"原则,即在浩如烟海的历代诗歌中,精选出最具代表性和艺术价值的作品。这种精挑细选的方式,旨在为读者提供一部内容精练、品质上乘的诗歌选本,便于读者快速领略各朝诗歌的精华。

作为桐城派文人,刘大櫆在编选《历朝诗约选》时,无疑会融入其个人的诗学观念与审美标准。他的选诗标准可能倾向于强调诗歌的文辞雅洁、情感真挚、意境深远等特质，与桐城派提倡的古文“义理、考据、辞章”三者并重的理念相呼应。

3. 王尧衢《古诗解》

《古诗解》又名《古唐诗合解》，成书于清雍正年间，是一部对汉魏六朝古诗和唐诗进行注释与解读的著作，由清代学者王尧衢编撰。王尧衢，字子言，号惕斋，生平事迹不详，但以其《古诗解》一书在诗学研究领域留下重要影响。

《古诗解》的特点与内容概述如下：

古诗注释：该书以注释古诗和唐诗为主，涵盖的诗歌范围先秦至明清等多个历史时期。王尧衢对每首入选诗歌进行了详细的注解，包括字词解释、句意疏通、典故出处、艺术手法分析等，旨在帮助读者准确理解古诗的字面意义与深层意蕴。论诗以自然、神化为极致，选诗喜词意悠长者，注诗重视诗之法。

学术价值：《古诗解》作为一部古代诗歌注释专著，对于研究古代诗歌的语言特点、文学风格、文化内涵以及诗人的创作思想具有较高的学术价值。王尧衢的注释工作既反映了其个人的学术见解与诗学修养，也为后世学者研究古代诗歌提供了重要的参考材料。

《古诗解》的编写目的是服务广大读者，尤其是那些对古代诗歌感兴趣但面临理解困难的读者。通过详尽的注解，王尧衢降低了古代诗歌的阅读门槛，使普通读者也能较为轻松地领略古诗之美，对于普及古代文学知识、提升公众文化素养具有积极作用。作为一部清代诗歌注释著作,《古诗解》在当时的学术界与文化界有一定的影响力。其注解的准确度、深度与广度,以及对诗歌艺术的独特见解,受到了同行学者与读者的广泛关注与评价。随着研究日益深入,学界对《古诗解》的选录及解诗特色给予了充分肯定,而其古诗部分却鲜有人关注。

4. 王闿运《八代诗选》

《八代诗选》是由晚清学者王闿运所编纂的一部涵盖汉魏至隋朝八代诗歌的选集。王闿运身兼经学家与文学家双重身份,其编选的这部古诗选本,不仅收入了两汉、三国、晋、宋、齐、梁、陈、隋八代3000余首古诗,更是"汉魏六朝诗派"进行诗歌创作时的重要参照与标准。选本内所选诗歌题材广泛,包括咏史、赠答、宫体、咏物等各类作品,充分展示了古诗在各方面的艺术成就。为清晰呈现《八代诗选》与明清时期先唐诗歌选本在各朝代诗歌选取数量上的对比,现以朝代为界限,对两者进行统计如下:

表3－1　《八代诗选》选录各朝代的诗歌数量与明清之际先唐诗歌选本选取的诗歌数量统计

朝代	《八代诗选》诗歌数目	《古诗评选》诗歌数目	《古诗源》的选诗数目	《古诗纪》的选诗目
汉	294	80	136	392
魏(吴)	247	115	65	462
晋	537	174	118	1334
宋	381	120	96	740

续表

朝代	《八代诗选》诗歌数目	《古诗评选》诗歌数目	《古诗源》的选诗数目	《古诗纪》的选诗目
齐	173	51	44	407
梁	767	174	86	2073
陈	109	28	23	568
北朝	124	49	39	582
隋	127	44	28	459

通过观察表格，不难看出《八代诗选》之所以在近代诗坛中占据重要地位，关键在于其内容的广泛多样性和丰富内涵。这些特质不仅体现了王闿运个人深厚的诗学见解，还最大限度地弘扬了湖湘诗派的诗学理念，对诗风的革新产生了重大影响。对王闿运诗学观点的深入剖析，将进一步揭示其在诗歌创作领域产生的深远影响。

根据相关资料梳理，《八代诗选》在编排顺序上明显借鉴了《古诗评选》。而《古诗评选》相较于其他选本的独特之处在于，所选诗人的作品并非仅局限某一特定体裁，而是广泛涵盖多种体式，鲍照的作品即为典型例证。《古诗评选》与《八代诗选》均对鲍照的诗歌给予极高评价。在《古诗评选》中，鲍照作品数量达 38 首，其中“古乐府歌行”类型作品就有 18 首，“小诗”类选录 5 首，“五言古诗一”收录 2 首，“五言古诗二”则选入 13 首。因此，《八代诗选》在编选时亦大量选用鲍照的古诗作品，使其诗作数量在入选诗人中名列前茅。进一步整理得知，鲍照现存古诗共124首，包括五言诗92首和杂言诗32首。可见，《八代诗选》对《古诗评选》的借鉴，使得鲍照古诗在选集中占据了较大比重。

在编选《八代诗选》的过程中，王闿运作为选家反复地阅读了各种汉至隋代诗人的作品，最终汇编成集，同时在这一过程中，参考了《古诗评选》《古诗纪》等在明清时期具有一定代表性的诗歌选本，力求在前人的基础之上，形成更具代表性的古诗选本。马积高先生在《湘绮楼诗文集》前言中提道："《八代诗选》仿王船山《古诗选》例，将齐梁新体诗加以类聚，尤为治八代诗者所重视，其间所缀评语，多精到之言，也为学者所取鉴。"① 只需将《古诗选》与《八代诗选》的编排体例稍加比较，便可知马积高先生所指《八代诗选》仿王夫之《古诗选》的体例之言甚是。这也成了王闿运《八代诗选》的一个重要特点。

5. 魏源《诗比兴笺》

关于《诗比兴笺》的作者，学术界一度认为该书出自陈沆之手，但经过当代学者的考证，确认其实际作者应为魏源。全书共四卷，收录了自汉至唐的乐府古诗及文人五七言古诗400余首，并对这些诗作进行了详细的笺释，旨在揭示作者的创作意图。然而，其笺释工作在精准度上存在不足之处。该书存有清咸丰年间的刻本。

《诗比兴笺》选录了众多诗人的作品，其中包括汉时枚乘、苏武、李陵，魏时孔融、曹操、曹植、繁钦，晋代阮籍、傅玄、潘岳、刘

① ［清］王闿运著，马积高主编：《湘绮楼诗文集》，岳麓书社，1996，"序"，第18页。

琨、郭璞、陶渊明，南朝鲍照、江淹、庾信，以及唐代陈子昂、张九龄、王维、高适、李白、杜甫、韦应物、韩愈、李贺、李商隐等人的诗作逾400篇。魏源编撰《诗比兴笺》的初衷，是借鉴《诗经》的笺注方法，来解读两汉、魏、晋、唐诗人的诗歌创作，以期深入领悟作者的深层寄托。他特意挑选了他认为具有“比兴”特质的汉魏乐府与古诗，以及六朝、唐代的五七言古诗作为笺释对象。魏源的笺释工作侧重于对诗篇主题的阐释与剖析，而不局限于字句的训诂考究，他遵循孟子“以意逆志”的原则，仔细探查作者所处的时代背景与生活环境，以求准确把握诗作的原意。

在《诗比兴笺》中，魏源对陶渊明的35首诗作及一篇赋进行了深入的笺释，涉及《拟古九首》《述酒》《读山海经十二首》《咏荆轲》《桃花源诗》《读史述九章》《和郭主簿》《拟挽歌》《闲情赋》。在魏源眼中，这些作品堪称陶渊明运用比兴手法创作的典范。

魏源在《诗比兴笺》的编选过程中，注重挖掘诗人的个体志趣、思想情感及其诗作所蕴含的多元主题与深远寓意。正如他在该书序言中所言：“自《昭明文选》专取藻翰，李善《选注》专诂名象，不问诗人所言何志，而诗教一敝。自钟嵘、司空图、严沧浪有《诗品》、《诗话》之学，专揣于音节风调，不问诗人所言何志，而诗教再敝。而欲其兴会萧瑟嵯峨，有古诗之意，其可得哉？”并提倡“诵诗论世，知人阐幽，以意逆志”的诗学观。

在对陶渊明《述酒》一诗的笺释结语中，魏源再次提及“以意逆志”，此原则贯穿其对陶诗的解析及全书编选过程。所谓“以意逆志”，即以已之意揣度他人之志，源自《孟子·万章上》：“故说诗者，不以文害辞，不以辞害志。以意逆志，是为得之。”孟子以此强调，解读诗作时，不可拘泥于字句表面，以免文害辞、辞害志，即不应仅凭个别词句或局部意思对诗作形成片面理解，而应深入探究诗之本意，精准把握诗作整体意蕴，从而全面、深刻地领悟诗人的创作意图。这一原则成为魏源评价古诗、编选《诗比兴笺》的重要准则。

通过整理，可以看出魏源在诗歌注释工作中始终坚守“以意逆志”的核心原则，如他在解析陶渊明《拟古九首》时指出：“古诗凡不止一章者，当合前后数章观之，乃可定作者之旨。”这强调了理解古诗需立足整体，避免孤立解读个别字句。魏源对“以意逆志”的坚定贯彻，使他对陶诗多数内容的注释成效显著，如对《述酒》诗的编选即为一例。然而，在践行“逆志”过程中，魏源有时却陷入过度解读，偏离了孟子提出的另一原则——“知人论世”。例如，《拟古九首》中的“初与君别时”一句，魏源将“君”字牵连至晋君，显然过度索隐。

邓小军曾指出，以史证诗，即通过考察诗人经历、诗中所涉史实或历史背景以辅助诗歌理解。事实上，以史证诗正是“知人论世”的一种有效手段，二者互为补充，相得益彰。了解诗人所处时代，特别是对诗人影响重大的政治事件，结合史实解读诗人作品，有助于深入理解诗作的深层意蕴。魏源对《述酒》诗“豫章抗高门，重华固灵坟”等句的注解，便精准揭示了诗句背后的历史事实。

7.曾国藩《十八家诗钞》

《十八家诗钞》是一部由晚清重臣、文学家曾国藩编选的古代诗歌选集，旨在汇集并评析自魏晋至宋金的十八位重要诗人的代表作品。曾国藩(1811—1872)，字伯涵，号涤生，湖南湘乡人，官至两江总督、直隶总督、武英殿大学士，是“洋务运动”的重要领导者之一，同时在文学、书法等方面造诣颇深，是晚清知名的军事家、书法家、文学家，也是晚清时期散文“湘乡派”的创立人。曾国藩的一生取得了诸多的成就，其中文学成就具有代表性，所著包括《求阙斋文钞》《经史百家杂钞》《十八家诗钞》等。其中，《十八家诗钞》在清代就已经广为流传，影响甚大。1915年，毛泽东在致萧子升的书信中表达了这样的观点：若欲涉足国学之域，首要在于尽早掌握基础知识，而选书尤为关键。诸如曾氏之《杂钞》，实为入门之佳选。这段评价不仅反映了毛泽东个人对于研习国学路径的认识，同时也折射出当时社会特别是有志于国学的青年群体的普遍认同。

《十八家诗钞》精选了不同时期、不同风格的代表性人物。这些诗人包括但不限于曹植、阮籍、陶渊明、谢灵运、鲍照、谢朓、王维、孟浩然、李白、杜甫、韩愈、白居易、李商隐、杜牧、苏轼、黄庭坚、陆游、元好问等。曾国藩在选录时注重诗人的文学成就、社会影响以及作品在诗歌史上的地位。《十八家诗钞》选录了每位诗人的代表作及部分具有重要价值的未广为人知的作品，力求全面展现诗人艺术风貌与思想境界。曾国藩选诗兼顾各种诗体，如古体诗、近体诗(律诗、绝句)、词等，并注重展现诗人在不同创作阶段、不同题材下的艺术特色。

曾国藩在编选过程中，对所选诗歌进行了评点与注释。评注内容包括对诗作艺术手法、情感表达、思想内涵的解析，以及对诗人创作背景、生平事迹的介绍，旨在帮助读者深入理解诗人的创作意图和作品的艺术价值，同时也体现了曾国藩个人的文学观与诗学见解。唐浩明在《十八家诗钞》重印序言中指出，曾国藩深受姚鼐文章理论的影响，尤其是姚氏提出的文章有阳刚与阴柔两种气质的观点。曾氏在吸收姚氏学说的基础上，还融入了邵雍的四象学理，进一步将阳刚气质细分为太阳与少阳，阴柔气质分为太阴与少阴四个基本类型。其中，太阳象征文章的磅礴气势，少阳则表示趣味性；太阴象征文章的识见与胸襟，少阴则暗喻情感韵味。随后，这四大类又各自细化为八小类：太阳气势分为喷薄与跌宕两种形态，趣味性分为诙谐与闲适两种风格，识度分为宏大与含蓄两种层次，情韵分为沉雄与凄婉两种韵味。这种精细的分类体系，实际上是曾国藩诗学思想的一个系统归纳与阐释。唐浩明在《十八家诗钞》重印版序言中对曾国藩诗论所做的系统总结，旨在揭示曾氏抄录诗歌背后的深层意图——通过诗歌来传达其文学理念。曾国藩编纂《十八家诗钞》的目的不仅在于为读者提供一部高质量的古代诗歌选本，更希望通过精选的诗作及评注，引导读者领悟诗歌的美学价值，提升文学修养。此外，作为一位深具社会责任感的士大夫，曾国藩也希望通过该书倡导诗教，借诗歌的道德教化作用，以对当时社会产生积极影响。

《十八家诗钞》作为曾国藩的文学编纂成果，不仅体现了其个人的学术素养与文学品位，也在当时及后世产生了广泛影响。该书不仅为研究者提供了丰富的诗歌文本与评注资料，也为普通读者了解与欣赏古代诗歌提供了重要途径。其选诗标准、评注方法以及对诗人的评价，都对后世诗歌研究与文学教育产生了深远影响。

综上所述，曾国藩《十八家诗钞》是一部具有较高学术价值与文化影响力的古代诗歌选集，通过选录十八位重要诗人的作品并加以评注解析，展现了中国诗歌艺术的丰富多彩与深厚底蕴。

9. 卓尔堪《三家诗》（又作《合刻曹陶谢三家诗》）

此书刊刻时间为康熙四十四年（1705 年）或四十五年（1706 年），其中融入了编者卓尔堪的评点以及清人梅植之的眉批。对于《三家诗》编者的归属，学界存在两种观点：一种观点明确指出编者为卓尔堪；另一种观点则较为模糊，认为编者可能是张潮或卓尔堪。此处遵循第一种观点。卓尔堪（1653—1714），字子任，号鹿墟，又号宝香山人，江都（今江苏扬州）人，出身于明朝靖难忠臣卓敬家族。其在文学领域有一定造诣，曾编选《遗民诗》十六卷，并附有《近青堂诗》一卷，风格上兼具两汉与三唐之风。文学史界多以编选《遗民诗》为卓尔堪的主要贡献。而其另一重大成就《三家诗》的编刻与评点，却未得到学界广泛的关注。

《三家诗》由曹植、陶渊明、谢灵运三位魏晋六朝诗人的作品汇集而成。卓尔堪将此三位诗人的诗集合刻，一方面旨在矫正当时诗坛盛行的模拟古风却不切实际的风气。曹、陶、谢三人均为魏晋六朝时期诗歌大家，卓尔堪将他们的诗作合编出版，旨在为后学树立楷模，正名三家诗风，引导后人正确地吟咏、模拟古代佳作。合刻三家诗集的另一动机，可能与尊崇杜甫的倾向紧密相关。曹、陶、谢均为杜甫所敬仰，而清初诗坛又以杜甫为宗，由此推测《三家诗》的编选与尊杜风尚密切相关。卓尔堪之所以选择合刻曹、陶、谢诗集，还与其家族文化的熏陶密不可分，其家族素来崇尚中古诗歌，且对曹、陶、谢诗风有着特殊的审美偏好。

在《三家诗》的评点中，卓尔堪鲜明地展现出自己的诗学思想。他坚守诗歌以抒发个人情感为根本的传统观念，认为诗歌的本质在于寄托个人情感。从艺术效果角度而言，他崇尚诗歌追求意味深长的艺术境界。针对当时拟古而不似的问题，他提出了灵活变通的创作观，反对一味拘泥于古人。《三家诗》评点的特色在于精准捕捉诗人情感，深入探讨诗歌技巧，强调诗歌创作应以“用意”为核心，推崇比兴手法的运用，主张诗歌结构应有开阖之变。卓尔堪的评点还贯穿了诗史意识，即通过对诗歌题材发展史的梳理，对某一题材诗歌在诗歌史上的地位进行评价。

10. 王士祯《五言古诗选》（又名《古诗选》）

王士祯（1634—1711），字子真，一字贻上，号阮亭，别署渔洋山人，山东新城（今桓台县）人。于顺治十五年（1658 年）中进士，历任扬州推官、刑部尚书，凭借其卓越的才学与显赫的政治地位，成为继钱谦益之后康熙年间文坛的领军人物。他在诗学上承袭了从七子派到云间派、西泠派的格调说，以及从公安派到虞山派的主性情诗学理念。尽管其诗学理论被后世冠以“神韵说”之称，但王士祯本人未曾明确使用此概念来概括自己的诗学主张，仅在少数场合以神韵论诗，却未构建起以神韵为核心的完备理论体系。

《五言古诗选》是一部囊括了自汉代至元代五言、七言古体诗的综合性选集，于清初完成编纂后即引发了广泛的关注并产生了深远影响。全书共计三十二卷，收录诗人逾百，诗作数量更是达千余首。通过深入研究可知，该选集以“神韵说”为理论主线，选材精当且全面，成功地展现了我国五言、七言古诗的发展脉络及重要流派之风貌，具有较高的学术参考价值。王士祯秉持“源流”与“正变”之观念，在五言部分，两汉时期的作品几乎悉数收入，而魏晋以后则严谨筛选；七言部分则选录尺度较为宽松，以杜甫为宗，凡唐宋以来善于师法杜甫者均有所取纳。全书大致勾勒出唐以前五言诗与宋以前七言诗的发展轮廓。然而，该书在选录不同流派诗人作品时存在显著的不完整性，是其一大缺憾。

11. 杨逢辰《建安七子集》

杨逢辰的生平事迹不详，从其编纂《建安七子集》来看，他应是清代具有一定文学研究功底的学者。建安七子是东汉建安年间七位文学家的合称，包括孔融、陈琳、王粲、徐干、阮瑀、应玚、刘桢。这七人可以说是在建安时期曹氏父子之外优秀的文学家。他们以卓越的文学才华和作品，对后世产生了深远影响。《建安七子集》主要收录了建安七子的诗、赋、文等各类文学作品，力求全面展现七子的文学成就和艺术风格。杨逢辰对建安七子作品的选录与解析，深化了对建安文学艺术特征与美学价值的认识，对清代及后世的文学研究有着重要意义。

第四章　清代前期古诗选本与诗学思想

清前期诗坛对明代中期以来的诗风弊端进行了全面深刻的理性思考。其反思包括两个方面，一方面是从明末的“拟古”与“性灵”中嬗变为儒家诗学政教精神的复归，另一方面是对七子派、公安派、竟陵派诗学重新审视与反思，诗风转变为关注现实，重“情”的抒发。这些反思也体现于此一时期的诗歌选本之中。诗歌选本作为一种特殊的文学批评样式，可以传播选家的诗学主张，指导后学，引导诗风，并对诗坛种种不良倾向进行矫正，这对清代诗歌的繁荣起到重要的推动作用。

罗书华在《清代文学的分期及特点》一文中，将清代文学分为清前期、清中期、清后期三个历史阶段。清前期包括顺治、康熙、雍正三朝。此一时期的古诗选本诸多，如沈德潜的《古诗源》，陈祚明的《采菽堂古诗选》，顾大申的《诗原》，杨逢辰的《建安七子集》，范士楫、戴明说辑的《历代诗家》，吴淇的《六朝选诗定论》，王夫之的《古诗评选》，王士祯的《五言古诗选》，金圣叹的《唱经堂古诗解》，李因笃的《汉诗音注》和《汉诗评》等。本章选取其中具有代表性的四部选本，考察古诗选本作为一种特殊的文学批评样式与当时文学思潮的关系。通过对这些选本的考察，可以从一个独特的视角对清前期诗学反思的内容及其意义进行了解，这对拓展清代诗学研究的视野也是有益的。

第一节　对公安、竟陵诗学的批判——王夫之《古诗评选》

古诗选本除其本身所具有的传播经典的天然功能之外，还体现了诗人自身“鉴别去取”的眼光，同时选家也借此为传声教化的媒介，来达到影响时代文学的目的。在清代诗学史上，明末清初关于“公安、竟陵诗学”反向诗学认同问题一直以来受到学界的广泛关注。公安、竟陵诗学作为晚明开新风的两大重要文学革新力量，在清初却被众多诗学家批判，其中，王夫之的《古诗评选》便对其表现出抑压之势。《古诗评选》不仅仅是王夫之诗学教化的媒介，更涉及时代性的诗风兴替以及诗学出路问题的反思和总结。通过研究王夫之编选《古诗评选》的动机，可以更直观地反映其对公安派和竟陵派诗学“针锋相对”的深刻内涵究竟意在何处，从而进一步去探究其对两派的弊端的纠正，以研究清初时期诸家想要建起怎样的诗学价值观念。

一、编选动机

王夫之的《古诗评选》的编选动机，现有研究鲜有论及，可考的著作《夕堂永日绪论》中记载，“乘山中孤寂之暇，有所点定”[①]，叙说编选缘由，编撰动机并未说明，但根据选本中的相关评语及其他文献也可以推论，编选动机主要有以下两方面。

（一）宣泄国愤的方式

编选《古诗评选》是王夫之宣泄亡国耻辱的一种方式。在时代大环境的影响下，当时普遍认为王阳明以及李贽的一些思想动摇、颠覆了儒家正统，而王夫之又经历过明清两代交替，心灵上以及精神上受到双重冲击，在这种亡国亡天下的深切悲哀之中，激发了他对于明代诗学中的一些弊端进行了深刻反思。王夫之年轻的时候就有坚定仕于明朝的理想，但是由于时代纷乱复杂，清军南下入侵使他饱受颠沛流离之苦，因此他对国破家亡有深切体验，他曾参加抗清活动，面对清军入侵中原而有感于文士的“卖国事仇”[②]（王夫之《古诗评选》中所评《杨柳行》之句：“坐五十年来，文人才士于烟花市井之中，卖国事仇，恬不知忌。”），想要纠正世道人心，裨补缺漏。在王夫之看来，近五十年文人才士深处市井无所事事，对于国仇家恨毫不在意，因此他在书中说“生心害政，则上结兽行之宣城，以毒清流；下传卖国之贵阳，以殄宗社”[③]，认为这实际上是竟陵派败坏风雅导致的。因此王夫之在诗评中对竟陵派的不良旨趣予以批判，并对钟惺、谭元春二人大加批判，认为二人“不知性情为何物”，眼中容不下真情实意

① ［清］王夫之：《船山全书·单行本之十四》，岳麓书社，2011，第 817 页。

② ［清］王夫之评选：《古诗评选》，张国星点校，河北大学出版社，2008，第 79 页。

③ ［清］王夫之评选：《古诗评选》，张国星点校，河北大学出版社，2008，第 129 页。

的佳作，他们的诗偏离风雅的表达而使诗坛陷入淫靡之境。在此，王夫之将胸中的痛意以及满腔的怒气发泄，他高亢激昂地直指竟陵派之弊，并将钟、谭之词视为“亡国之音”。

（二）欲以诗教来救世

欲以诗教来救世是王夫之于特定时代环境下产生的思考。明清易代之际，社会经济结构发生了深刻变化，市民阶层崛起，城市集镇繁荣，士大夫也就不可避免地加强了与一些商贩、工匠以及卖艺者的联系。受商贩、工匠等的心境和人生取向影响，士大夫们的创作都带上了一层“趋俗”色彩，这变成晚明的文人世子追求的一种独特的审美。这种风气要求在“雅”与“俗”之间产生沟通联系，以求文化艺术更加贴近世情人生，整体上体现了一种文学平民化趋势。这种思想文化的巨大变化，逐渐使文士们愈发放逸自由，以至于不守儒家传统，甚至怀疑孔子以及极端抨击礼教伦常。这种文化现象在一定程度上对儒家正统诗教产生了影响，王夫之认为，此时的儒家正统偏离了雅正传统，而他对竟陵派的激烈否定、批判实质上正体现这一点。

因此，处于这种时代潮流下的王夫之，又遭逢明清鼎革，愤世痛世之余欲以捍卫传统儒家文化以抗争，有心恢复雅正的传统秩序，便反对那些有悖于风雅的庸俗艳诗，以消除公安派和竟陵派诗学消极的影响，这些理想都在他的《古诗评选》中体现出来，他所强调的诗歌要具有神清韵远以及从儒家正统诗教观所出发的天人合一思想，实际上都是在强调诗歌要具有真情生命力，诗歌表达要具有风骨，这也从侧面抨击了公安派、竟陵派诗学。

二、批判及“救弊”

竟陵派提倡“性灵”，王夫之对此进行了批判。他认为他们所标榜的性灵并不是自身真情实感的流露，只是在费尽心思地从前人作品中寻找所谓具有“性灵”的诗句，他们的诗句是靠寄生于古人现成的诗词进而通过外在拼凑得来的，因此不是他们自己性情的流露，在反映现实方面也收效甚微。他认为这种写作方式必然是不正确的，而这种方式写出的诗句也无疑是晦涩难懂的。

《古诗评选》中，其“诗道以情”的观点即要有自己真实情感的流露，在对具体诗人所写诗歌的评论中有着更为透彻的体现。

首先，王夫之强调诗歌当中抒发的情感应该是诗人真实的自得之情，而不是外在事物所强加的或是承袭古人已有的情感。如他评庾信《怨歌行》：“六代文士有心有血者，惟子山而已。”[①]又评《燕歌行》：“故人患无心耳。苟有血性、有真情如子山者，当无忧其不淋漓酣畅也。”[②]他认为庾信的诗歌是真正地抒写了自己的真情实感，由心所发。相比较而言，他认为公安派、竟陵派拼命地追求奇险幽峭，用“东支西补”的手段把诗写得古怪艰涩，竟

① [清]王夫之评选：《古诗评选》，张国星点校，河北大学出版社，2008，第77页。

② [清]王夫之评选：《古诗评选》，张国星点校，河北大学出版社，2008，第78页。

陵派强调的辞藻修辞未能代替诗歌的真正韵味，未能感人肺腑。他们所写的诗歌实质上是换了格套的七子派做法，从根本上是相同的，因此王夫之也说“五六十年来，求一人硬道取性灵中一句亦不可得”[①]，表达出了他对此深深的感慨。他认为的“雅”是真实自性情而出，而钟、谭则以“措大攒眉、市井附耳之情”为表现对象，没有实质地自性情而出，因此在王夫之看来，他们的诗迂腐又庸俗，根本不是来自性灵。

其次，王夫之强调诗歌要在表达诗人真实情感的基础上对这种具体情感体验进行超越与升华，以达成在“一时一事一情”之中寄寓“万古之性情”，这里王夫之强调的诗人之真情不是指清心寡欲地与世隔绝，也不是冷眼旁观地无动于衷，而是能够做到以天下为己任，以天下之忧乐为忧乐，或者说是能够通天下之忧乐。所以他指责竟陵派所标榜的“幽情单绪”“清空”之格，并认为其是“亡国之音”。在这里，王夫之尖锐地指出，虽然他们诗歌表面上是一种幽然冷寂的表现形式，但是若要深究他们所写诗歌的内里，则能够深切地体会到他们诗歌显露的是心胸局限不宽广，由于自身的某些欲求没有实现而采取的消极态度，这种“幽”从内里则表现为“狭隘”，这种远离社会现实就是竟陵派的弊病之一。

---

① [清]王夫之：《船山全书》第14册，岳麓书社，1996，第1454页。

三、清初诗学观念的确立

易代之际，竟陵派仍沉浸于一己幽思单绪之中，造境幽深僻涩，趋向于消极颓避，带有末世色彩的性灵文学，已然无法担负振起新朝之诗学使命，故清初诸家以“亡国之音”苛责竟陵派，其中不乏向传统诗学价值体系回归的考量。

以“亡国之音”归罪于竟陵派，偏颇之激、贬斥之急，的确有失客观公允，但此番对竟陵派诗学的偏激贬斥，也正表明了清初士人于明清易代、国家衰颓之际，对明亡原因的深入反思，显示出清初诸家对诗学雅正传统的重归复建。

王夫之对清初世运时风进行政治考量、对竟陵派诗学进行偏激贬斥，归根究底是想要借此重拾话语权力，重建诗学价值体系。关于这一点，王夫之在《古诗评选》中说：“竟陵唱之，文士之无行者相与效之……竟陵灭裂风雅，登进淫靡之罪，诚为戎首。”其亦有言“诗量一技，然必须有大本”，主张“诗者固有本”，以诗言志、维情都应关乎君臣、夫妇、朋友之道，回归诗道传统。树立诗之本要，这不仅仅是王夫之，亦是清初诸家置身祸乱动荡易代之际对诗道传统的使命呼唤，并且要以此作为诗学衡量之标准，然而极具末世幽僻色彩的竟陵派诗学自然与之格格不入。由此观之，清初诸家对公安、竟陵两派诗学的批判贬斥，虽言辞肆意激烈，但不斥偏不能树风气，不破旧不得开局面，实则易代之际世风时运大势所趋。

从士人心态与文化救亡层面而言，明清鼎革之际，步入新朝的士人，于易代悲凉氛围之下，更多表现出的是力挽衰颓的文化紧迫感。在这一紧迫感的激发之下，清初士人开始从政治立场、社会心境等诸多方面总结明亡原因，反思明代诗学。公安派、竟陵派作为晚明诗坛最具影响和号召力的诗学流派，自然成为清初诸家评判反思之焦点，而后诸家对两派诗学大加诋斥，亦不过是站在清初文化救亡与诗道复归层面的思虑考量。

第二节　情为辞先——陈祚明《采菽堂古诗选》

清初布衣诗人陈祚明选评的《采菽堂古诗选》相对于前代比较著名的古诗选本来说并未受到大众的重视，但它实际上是一本很有特色的古诗选本，对于今天我们研究古诗文化具有重要的参考价值。而谈到陈祚明的《采菽堂古诗选》，自然离不开钟嵘的《诗品》，《诗品》中多数的评论具有较强的针对性，例如对于潘岳与陆机之才孰高孰低的评价，从相关评论中，可见他心中潜藏着对于诗歌情与辞的价值衡量标准以及相关的诗学理念。为了更好地了解他的诗学理念，本节对《采菽堂古诗选》展开探究。

一、从《诗品》出发谈论陈祚明的诗学理念

对于潘陆之争，陈祚明提出了自己的见解，他认为两人之争

实质上是情与辞的相对关系问题，也就是两者孰先孰后的问题。对于潘陆二人，他首先认为潘岳有繁冗、下笔不能裁节的弊病，但也在写诗时往往少加刻板的装饰，对于心中的情意也是直接地抒发，具有天真自然的风格特征；而陆机则恪守古法，少内心真实情感的快意流露，虽然才华高但言辞冗杂。陈祚明在《采菽堂古诗选·凡例》中表明他的观点，“诗之大旨，惟情与辞”，并且他进一步认为好诗应当情为辞先，情辞并举。因此，从情为辞先的观念出发，他认为潘诗在陆诗之上，因此他又说：“安仁过情，士衡不及情；安仁任天真，士衡准古法。夫诗以道情，天真既优，而以古法绳之，曰未尽善，可也。盖古人之能用法者，中亦以天真为本也。情则不及，而曰吾能用古法。无实而袭其形，何益乎？”[①]但陈祚明所指的“情”不仅仅是局限于抒发情感方面的，他认为诗歌思想内容的主旨以及所显露出来的情思、道理、解释等，皆属于情的范畴，而诗歌语言形式中“声、调、格律、句、字、典物、风华”都属于辞。情代表作者之心，辞表示古人之法，两者的不同关系显示了诗的不同品第。按照陈祚明所理解的《诗品》的品评标准，上品意指心为本，且绳之以古法；中上品意指心为本，无古法裁量；中下品是以古法裁量，却失本心；下品是两者皆抛之诗。陈祚明所谓“安仁有诗，而士衡无诗”[②]，依据裁衡标准，再

① [清]陈祚明评选：《采菽堂古诗选》，李金松点校，上海古籍出版社，2008，第332～333页。

② [清]陈祚明评选：《采菽堂古诗选》，李金松点校，上海古籍出版社，2008，第332～333页。

加之《诗品》的划分衡量标准，潘岳之诗可列入中上品，而陆机之诗仅能列为中下品，这也正是陈祚明“过情”与“不及情”之论的体现。

关于诗旨深浅的评论，陈祚明的看法亦与钟嵘的《诗品》具有差异性。在此处他对陆诗展开了批评，其在《采菽堂古诗选》中评价陆机的诗曰：“士衡诗束身奉古，亦步亦趋。”他认为陆诗在辞法方面，与前后七子“袭形”的弊病相同，只不过是陆机能够驾驭前诗之风格以及诗的形式和体裁，才给人带来才高词赡之感。又评陆机其人“衷情本浅，乏于激昂”，也就是说陆机诗歌所饱含的情感是非常浅薄的，无法淋漓尽致地表现诗人胸中情怀，并且结合陆机的个人经历来看，不论是遭受家破人亡，还是辞家远宦，或者是甄别录用，诗中都以古法古调为本进行模仿追随，难以流露真情。另外陆诗的情感与辞藻也未能完美融合，其诗少情而以古法掩饰，故陆机难成真正大家。

二、《采菽堂古诗选》中“调和”的诗学理念

陈祚明“调和”的诗学理念可以归纳为两个方面：一是主张诗歌创作要“情辞兼备”，二是对诗歌的态度是“时各有体，体各有妙”。对于“情与辞”，他将双方的观点立场进行调和，在融入自己观点的同时使之兼通；在“时各有体，体各有妙”方面，“调和”就是陈祚明选诗时对各代之诗都体现他包容的态度。

（一）情辞兼备，以情为本

明末清初，诗坛上的复古与反复古思潮争辩不休，“前七子”

强调诗歌创作的格调、辞采、句法等，不大注重诗歌情感的表达。而公安派、竟陵派则十分注重诗歌情感的表达，反对“前七子”的形式化。陈祚明调和了复古派与反复古派的观点，主张情辞兼备，以情为本，以雅达辞。他的选诗明确展现了自己的调和态度。首先是诗歌情与辞的调和。陈祚明认为诗人情感的抒发和内心志向的表达在诗歌中是最基本的，与此同时“情”也要通过恰如其分的辞表现出来。其次，他主张融汇各派长处，加以自己的诗学观点，做到调和，如果“情”未合适展现就会语言不通、词不达意，而过分注重辞，那么诗歌的内容情感就会显得空虚。

《采菽堂古诗选》体现了以情为本的理念。陈祚明主张以“言情为本”，他认为诗人的情感是诗歌的本源，没有情感就没有诗歌的创作。在这方面，陈祚明继承了竟陵派重情的诗学理念，也就是主张诗歌感情真挚，以情至上。例如他评论《与苏武诗三首》：“古诗之佳，正以有此等思路，能写至情耳。”[①]又细致评论《庭中有奇树》：“言情不尽，其情乃长。此风雅温柔敦厚之遗。”[②]无论是在抒情作品中，还是在写景作品中，都能够看到他在评选古诗时所投入的真实感情，以情论情。

在此基础上，陈祚明认为诗歌有言有尽而意无穷之分，点到为止，欲说还休，才是诗歌最高的情感抒发方式，所以诗贵含蓄。

① [清]陈祚明评选：《采菽堂古诗选》，李金松点校，上海古籍出版社，2008，第73页。

② [清]陈祚明评选：《采菽堂古诗选》，李金松点校，上海古籍出版社，2008，第84页。

这种观点在《采菽堂古诗选》中比比皆是。例如，他给予《古诗十九首》至高评价，认为《十九首》就是言情的典范："言情能尽者，非尽言自之为尽也……善言情，惟是不使情为径直之物……故言不尽而情则无不尽。"他评《悲哉行》："诗以含蕴有余，令人徘徊为妙，写尽乃最忌。"又评《赠亲友》："言情固以不言为高也。"在《采菽堂古诗选》的凡例中，他写道："夫诗所取乎情者，非曰吾有悲有喜而吾能言之，人亦孰无悲喜者？……以言言者，言尚其尽；以不言言者，言尚其不尽。"[①]而陈祚明则认为上述诗歌的"不以言言"才是至情所在。

（二）归于雅正

陈祚明强调诗歌的情与辞紧密相连，所谓的"辞"，包括诗歌的艺术形式和词句的锻造。他认为在情感表达中，诗歌要做到善言，就要从贵雅出发，诗歌的选辞要归于雅正。

他从质、清、华三个方面来表达雅。其中"质"是诗歌要情感真挚、语言朴素，"质"也是诗歌雅的最基本要求。"清"是汉魏诗歌"质而古"的发展，就是指语言美好而不失简单，是最重要的一环，也是六朝诗歌最重要的诗学美。他在评《除妇服诗》中说："发乎情止乎礼义，雅音之足贵若此。"陈祚明认为诗歌是否雅，关键就在于是否"清"。如果不能做到"清"，那就追求"华"，这里的华是指自然的华丽，如六朝诗歌就是内涵丰富、清丽自然的华

① ［清］陈祚明评选：《采菽堂古诗选》，李金松点校，上海古籍出版社，2008，"凡例"，第4页。

丽，而晚唐诗歌就是堆砌的强凑的华丽，就不能实现雅。他认为如果没有真挚的感情融汇在诗歌中，只能生拼硬凑古人的典故，就不能达到“雅”。

三、溯唐诗之源，表诗学之观

前后七子诗学主张的弊端之一，就是使得明代的一部分士人压抑了自身个性，诗只有形式而没有真情流露，《采菽堂古诗选·凡例》云：“言诗不准诸情，取靡丽谓修辞，厥要弊，使人矜强记……徒涂饰字句，怀来郁不吐，志不可见，失其本矣。”[①]竟陵派则矫枉过正，虽然重性情，但是导致诗味全无，清初诗论家对此持强烈批评之态。从整体诗史发展历程来看，沈约等人倡导的声律论确实对盛唐律诗的发展起了先导的作用，而声律论的发展可能也是技巧发展的必然结果。钟嵘反对永明声律论，批评那些不符合自然声韵的诗歌，他尊崇古法的诗学观，与前后七子“诗必盛唐”的观点相一致，而这正是陈祚明不认同的。

在陈祚明眼中，明代的文学是迷失的时代，前辈诗人不能够树立自身的诗歌创作理念以及继承相应的文学传统而导致文化衰枯。这就需要反思历代文学创作留存下来的弊端，从而去寻找“源”，弄清文学传统丧失之缘由。

陈祚明的反思主要集中在明前后七子与竟陵派的弊端以及

① [清]陈祚明评选：《采菽堂古诗选》，李金松点校，上海古籍出版社，2008，“凡例”，第1～2页。

对二者的折中调和。他提倡的情为辞先，情辞并举，也就是说学诗者首先要使自己的个性得以展现，使胸中真情得以流露，于古诗之中从容不迫，沉潜其中，在此之外也要学会触类旁通，这样才能在学诗之路上走得更长远。另外，他的目光不只局限于对王李、钟谭的弊端进行有效的调和，还更进一步地在追寻“唐诗之源”的层面上去深入地从他们的诗中汲取灵感，取其精巧，整合疏通双方的诗学理念。这一做法无疑是理性的，避免了唐宋诗之争。

第三节　崇尚清远古澹——王士祯《五言古诗选》

王士祯的《五言古诗选》编选于中国诗坛唐宋诗之争十分尖锐激烈之时，意谓为学诗者提供优秀的诗歌选集范本，目的之一是进一步纠正“宋诗热”的学术弊端。王士祯所标榜的“神韵”以“不着一字，尽得风流”为诗歌创作的一个最高境界，意图纠正宋元以来诗歌空洞浅薄、缺乏内在情致的弊端。

一、《五言古诗选》编选背景

古代诗文学术历来重视传统及历史源流，诗论家如果想让自己的某些诗学主张更有力，一般会追寻前代的文化源头，即从文化源流角度入手。《五言古诗选》编于康熙年间，当时诗坛上有宗唐宗宋之争，王士祯编选古诗选本，正是为了论定中国传统五言古诗之源流及其正变。

王士祯主盟诗坛时，曾积极提倡学宋诗，因此在当时的唐宋诗之争中，时人把学宋诗之弊归咎于王士祯。然而这是有失公允的，王士祯的门人和弟子均纷纷给王士祯正名，他们认为王士祯并没有抛弃汉魏和唐诗传统，对唐诗和宋诗的态度并不是非此即彼的，虽然积极提倡宋诗，但本意也是希望时人看到宋诗的价值，像宋诗那样在创作中寻求创新，而不是非得去学着写宋诗。

如其门人施闰章所言："晚乃益事追琢，出入三唐，乐府五言古尤有汉魏遗音。其忧时悯事，不无《小雅》凄恻之言。"[①]"学三唐而能自竖立者，始可读宋元。"[②]徐乾学在《憺园文集》中说："虽持论广大，兼取南北宋、元、明诸家之诗，而选练矜慎，仍墨守唐人之声格。或乃因先生持论，遂疑先生《续集》降心下师宋人，此未知先生之诗者也。"[③]这些都说明，王士祯能够兼采唐宋诗之长，在对唐诗已经有所理解和感悟的前提下学宋诗。

因此，王士祯组织编纂古诗选本，也是为了矫枉时弊、正本清源，并且希望通过它来引导时人在学诗时能够明辨好诗及其内在的思想源流，正确认识到诗歌的价值，然后在此基础上做出

① [清]施闰章：《施愚山集(一)》，何庆善、杨应芹点校，黄山书社，2014，第132～133页。

② [清]施闰章：《施愚山集(四)》，何庆善、杨应芹点校，黄山书社，2014，第142页。

③ [清]徐乾学：《憺园文集》卷二十一，清康熙刻冠山堂印本。

选择，最终融会贯通，拥有自己的诗歌风格。

二、从《五言古诗选》入手谈“神韵说”

当代学者大多通过《池北偶谈》或者是《唐贤三昧集》来阐释王士祯的“神韵说”，但其实他所呈现出来的“神韵说”主张早在康熙二十二年（1683年）所著的《五言古诗选》中即已有所表现。

王士祯所倡的“神韵说”既包含了七子派对“格调”的讲求，也包含了公安派“性灵”的意味，这种主张在清代前期统治诗坛达百年之久。而述其历史渊源，其实早有南朝谢赫评顾骏之画时所说的“神韵气力，不逮前贤，精微谨细，有过往哲”[①]之论，这里以“神韵”与“气力”并举，但并未揭示出“神韵”的意蕴；也有张彦远在《历代名画记·论画六法》中所述及的“至于鬼神人物，须神韵而后全”，但是其所述之神韵也未超出谢赫的见解。而当时所说之“韵”，仅是指诗韵，并未上升成诗论主张。当时对于“神韵”这一创作概念也没有明确的说法，在叙述中的具体指明也仅仅是用风神、气韵这一类内容来简单地进行说明，未把它看成是诗歌的根本问题。

在《五言古诗选》中，王士祯对五言古诗进行大体上的分类，其中一类则为田园山水诗，是以陶渊明、谢灵运的诗为代表。当代研究大多是以《池北偶谈》中以山水清远论神韵的一段为根据来阐释王士祯的神韵说，神韵遂与山水等同化。但在编选《五言

① ［齐］谢赫：《古画品录》第二品，明津逮秘书本。

古诗选》时，王士祯就已经通过对山水田园诗的有意编排表明了其神韵主张。为了突出山水诗的地位，王士祯将何逊的诗放在梁代诗歌首位，王氏在《五言古诗选·凡例》中写道："何逊、江淹冠于沈、范。诸如此类，具存微旨。"[①]微旨即为显示出山水诗地位。另外，王士祯在选取宋、齐、梁三代诗歌时，皆以山水诗人冠于卷首，也体现了他突显山水诗地位的用意。

《五言古诗选·凡例》言及唐代五言古诗分类，而其中之一是以韦应物、柳宗元的诗歌为代表的古澹峻洁的五言古诗。关于韦应物的古澹诗风，他曾说："诗尤工古选，予喜其闲适古澹，类自陶韦门庭中来。"[②]王士祯在这里将陶、韦并称，以闲适古澹为他们共同特色。又说："杨梦山先生五言古诗，清真简远，陶韦嫡派也。"[③]评陶渊明诗为古澹，评杨巍诗为清真简远，可见在王士祯眼中，闲适古澹与清真简远是相通的。王士祯同样以"清远"评以谢灵运为代表的山水诗派，如他在《池北偶谈》中说："汾阳孔文谷云：诗以达性，然须清远为尚。薛西原论诗，独取谢康乐、王摩诘、孟浩然、韦应物……总其妙在神韵矣。'神韵'二字，予向论诗，首为学人拈出，不知先见于此。"[④]这里举出的有清远

---

① ［清］王士祯选，闻人倓笺：《古诗笺》，上海古籍出版社，1980，"王士祯撰古诗笺凡例"，第3页。

② ［清］王士祯著，张宗柟纂集：《带经堂诗话》，夏闳校点，人民文学出版社，1963，第129页。

③ ［清］王士祯著，张宗柟纂集：《带经堂诗话》，夏闳校点，人民文学出版社，1963，第64页。

④ ［清］王士祯著，张宗柟纂集：《带经堂诗话》，夏闳校点，人民文学出版社，1963，第73页。

诗风的作家谢灵运、王维、孟浩然、韦应物，皆为山水诗派代表诗人，可见，王士祯是以清远为山水诗的特征的。他认为古澹与清远固然有别，但当将山水诗看作一大类别的时候，他强调的是古澹、清远相同的一面。古澹清远的一系自陶、谢开始，所以从诗歌史来讲，崇尚清远实际是崇尚陶、谢精神。王士祯在《五言古诗选》的编排体例上突出以谢灵运为宗的山水诗的地位，在选篇数量上，又以具有古澹风格的陶渊明、韦应物为最多，可见他在《五言古诗选》中是非常重视山水田园诗的，而这也恰恰是其神韵主张的体现。

第四节 归于雅正——沈德潜《古诗源》

《古诗源》是沈德潜在批选完《唐诗别裁集》之后编选的诗集，于康熙五十六年(1717 年)十月开始编选，一直到康熙五十八年(1719 年)完编。沈德潜在编选完唐诗之后为何又继而编选《古诗源》，学界历来有所争论，综合来说，其编选动机有两个：一是矫正自前代以来的论诗之弊；二是提倡诗教。

一、《古诗源》之编选动机

(一)正论诗之弊

诗歌发展的过程中，有源有流，有正有变，而唐诗之所以盛，乃诗歌自身演进的历史结果，前后七子就是因忽略了诗歌自身演变的历史，才会拘守唐格，以致流于粗糙的模仿。公安派为矫正七子之弊而主张“独抒性灵，不拘格套”，导致作品流于轻俏俗俚；而竟陵派钟惺、谭元春等人又使诗歌流于孤峭幽深而艰涩难懂。至康熙时，诗坛因反对前后七子，便以宗宋风气为盛。沈德潜对诗坛这种风气表示不满，他认为这是钱谦益诗学的影响：“钱受之意气挥霍，一空前人……雅非正则，相沿既久，家务观而户致能。”①他对此进行了激烈的批评，言其“有词华，无风骨；有对仗，无首尾”②。他认为前后七子之所以备受后代批评，就是因为他们不懂得由唐诗上溯诗歌精神之本源。在沈看来，唐诗的价值高于宋诗，他在《古诗源》序中肯定了李梦阳等以唐诗振天下：“前后七子，互相羽翼，彬彬称盛。”③也指出了他们的弊端：“然其敝也，株守太过……由守乎唐而不能上穷其源……得从而为之辞。”④所以他编选《唐诗别裁集》，认为唐诗之雅音可上溯《诗经》传统，即所谓“仰溯风雅”，“仰”指高度方面，也就是指价值方面；“溯”指探究发展方向方面，是指追源溯流。

《唐诗别裁集》编选完毕，他便着手古诗的选评工作，目的是以选编古诗来建构诗歌史的正统，上溯其源，下探其流，矫正自清初以来走偏之诗风，以建立较为正统之诗教观及风雅传统。

---

① [清]沈德潜：《归愚文钞》卷十五，清乾隆二十四年(1739年)刻本。

② [清]沈德潜：《归愚文钞》卷十五，清乾隆二十四年(1739年)刻本。

③ [清]沈德潜：《古诗源》，商务印书馆，1936，“序”，第1页。

④ [清]沈德潜：《古诗源》，商务印书馆，1936，“序”，第1页。

从他编选的包括《古诗源》在内的四大诗选，可以看出他重构诗歌史的意图。沈提倡“仰溯风雅”的诗教观点，他的诗学理论其实是更往前追溯，也就是说看后代哪些作品能够与诗教的风雅传统对号入座。正因如此，沈德潜的诗歌史建构具有很大的价值。

(二)提倡诗教——“归雅正”

沈德潜在《唐诗别裁集》序中说他编选唐诗的标准是“去淫滥以归雅正”，而在另外的诗选集中也能看出他建构诗歌史一贯的目的是提倡诗教，《古诗源》的编选也不例外。

编选古诗除了为学诗者导其源，使其知诗歌风雅之传统，也是为了倡导儒家诗教。在重构诗歌史演进传统的源流方面，他在《古诗源》序中说：“兹复溯隋陈而上，极乎黄轩。凡《三百篇》《楚骚》而外……无不备采……而古诗之雅者，略尽于此。”[①]“于古逸存其概，于汉京得其详，于魏晋猎其华。而亦不废夫宋齐后之作者。”[②]力图在更为广阔的历史长河中辨析源流，探究“唐诗所由出”，“为学诗者导之源也”。又指出他编选《古诗源》的目的是“既以编诗，亦以论世”，“以渐窥风雅之遗意”，要读诗者借着这样一部以风雅为准则所编选的诗集，去探究诗歌的精神，也就是诗歌的教化作用。

① [清]沈德潜：《古诗源》，商务印书馆，1936，“序”，第1页。
② [清]沈德潜：《古诗源》，商务印书馆，1936，“序”，第1页。

二、选诗标准：追求雅正之旨、温柔敦厚之风

沈德潜编选《古诗源》时写道："新城王尚书向有古诗选本，抒文载实，极工裁择。因五言七言分立界限……兹从陶唐氏起，南北朝止，探其源，不暇沿其流也。"[①]他对王士祯的《古诗笺》予以肯定，认为王士祯选诗态度谨慎，所选所评翔实。王士祯对古诗的评选标准影响了沈德潜，这种影响主要包括两个方面。首先，沈德潜在《古诗源》中对六朝古诗传统的价值评判，大体是沿袭王士祯五言古诗选本，而王对六朝诗是持肯定态度的，与七子有所不同。其次，在选诗范围上表现出和王士祯的不同之处，所选之诗不只限五言、七言，还收入了三、四言诗和长短杂言诗，甚至还有每个朝代的歌谣俚曲，这也体现出他"上溯风雅"，重在探其源的观念。可以说他既继承了王士祯的某些古诗观念，也完成了自身诗歌体系的建构，另外也为后代论诗树立了准则。

沈德潜诗学理论的本质，是不出乎儒家诗教领域界线的。例如，沈德潜对于雅正内涵的理解，他在《古诗源·例言》中谈乐府："《安世房中歌》，诗中之雅也。汉武郊祀等歌，诗中之颂也。《庐江小吏妻》《羽林郎》《陌上桑》等篇，诗中之国风也。"他认为，不论是比兴寄托还是诗文六艺，都属于雅正的内涵。他针对一些具体诗歌评论，也贯彻了这一主张，例如评《安世房中歌》：

---

① ［清］沈德潜：《古诗源》，商务印书馆，1936，"例言"，第3页。

"《房中歌》近《雅》……不肤不庸，有典有则。"[①]评辛延年的《羽林郎》："归宿却极贞，正风之变而不失其正者也。"[②]

在儒家的诗论中，"中和""温柔敦厚"指人温和宽厚的品性，延伸为讽谏态度端正以及言语含蓄温和，即符合传统礼仪规范。其实温柔敦厚不论是作为一种态度还是作为审美，是领导着整个儒家诗教的，《礼记·经解》中有言："温柔敦厚，诗教也。"所以后人也就常以温柔敦厚作为诗教的一种美学特征。清初儒家诗学政教精神的复归，是从明末"拟古"与"性灵"中逐渐发展变化过来的，这种复归是在尊崇"温柔敦厚"的儒家诗学政教功能，诉求安定、稳固的统治现状目的上展开的，因此清初文化领域崇尚雅正之旨，追求温柔敦厚之风。雅正不仅仅表现在语言方面，也表现在感情内容方面，也就是说要符合当时礼乐传统的规范，感情内容要能够感化、教育民众，而不只是表达个人的私情闲情。雅正还体现在表达方式上，即应该采取多种方法来表现诗歌的神韵，以含蓄蕴藉的效果来表达诗，不叫嚣、不显露。最重要的就是要用诗歌来反映当代现实政治，也就是说朝廷以此来教化民间，民间以此来讽谏朝廷，这就是他所主张的"上以风化下，下以风刺上"，以讽刺和赞誉来沟通上下，也就是说诗歌在朝廷和民间之间具有了维护社会秩序和现实统治的职责。另外，这种讽谏必须足够尊重统治者，也就是态度方面的雅正。

---

① [清]沈德潜：《古诗源》，商务印书馆，1936，第21页。

② [清]沈德潜：《古诗源》，商务印书馆，1936，第36页。

总而言之，清初的诗学建设在整合、消化明代诗学沿袭下来的弊端的层面上，又不失偏颇地在传统与创新两个方面进行了自己的消化理解。在这一过程中，清初学者不仅对之前的诗学进行了反思，而且在批评中对诗学理论进行了发展，包括对伦理秩序进行了规划与建设等，主要表现为以诗教来救世并以此奠定伦理基础。无论是在保留诗歌传统的基础上进行重建，并且相应地拓展史诗的范围，还是对曾经的诗歌传统进行开放性理解以及以学问为中心对诗歌进行创作的理念，这些都成为后来整个清代诗歌创作的主要导向，这种独特的倾向形成了清代诗歌区别于前代诗歌的特性。

第五章　清中期古诗选本与文学思潮

清初的重要诗论家在反思、批评明代诗学的过程中，逐步建立起自己的理论，他们的诗学主张也往往通过古诗选本中的具体评论体现出来。到了清代中期，情况发生了变化。罗中华在《清代文学的分期及特点》一文中提到，清中期文学具有文章、知识、反思、感伤四方面特点，呈现出一种盛世气象下的哀音。反映到诗学领域，自然也有了不同于清初的特征。清中期选本指的是编纂于乾嘉年间的选本，比较有代表性的有张玉縠的《古诗赏析》、刘大櫆的《历朝诗约选》、曹锡宝的《古诗约选》、陈本礼的《汉诗统笺》、成书的《多岁堂古诗存》、张琦的《宛邻书屋古诗录》（清志作《古诗录》），还有沈德潜的《古诗源》。沈德潜的诗学理论虽然在前面的章节已经有所涉及，但是他的主要诗学理论成就还是在乾隆年间。时代文学的特点恰恰能反映出那个时代诗人的诗学思想。而诗人的诗学思想也具有时代文学的特点，随着时间的推移，诗学主张也会发生变化。例如，沈德潜早年的"格调说"推崇唐音，而其晚年就逐渐体现出对不同风格的包容性。还有，诗人翁方纲的"肌理说"，也是在不同时期得以清晰展现其形成过程的。整体来看，相较于清初，清中期的选本对诗歌的评选更加具备包容性，因而其诗学思想也更加理性。

第一节　古诗选本与乾嘉诗学

清代乾嘉时期，无论是诗歌创作，还是诗歌理论的研究，都相当繁盛，多家诗歌理论并起，比较著名的有格调说、性灵说、肌理说等，因此乾嘉诗坛的局面很是繁荣。与其他时代相比，乾嘉诗坛诗歌流派众多，地域性相当明显，并称群体多数因相同地区而得名，但群体成员的诗学主张、艺术风貌不尽一致，因此也呈现出鲜明的跨地域特征。恰恰是这种地域性与跨地域性的似乎矛盾的组合，构成了乾嘉诗坛独特的时代特征。另外，乾嘉诗人大多学养深厚，对诗学问题的认识能够汲取前人合理主张，从而使乾嘉时期的诗学选本呈现出鲜明的集大成的特点。

一、对汉魏诗不再强分高下

清人赵执信在总结明代诗学特点时认为“明人之动欲扫弃一切”[①]，郭绍虞也说：“颇带一些‘法西斯’式作风的。偏胜，走极端，自以为是，不容异己。”[②]通过对明代与清前期古诗选本选诗

① 丁福保：《清诗话》，上海古籍出版社，2015，第321页。

② 郭绍虞：《照隅室古典文学论集》，上海古籍出版社，2009，第513页。

情况与评诗内容的分析，可以看出，各家对汉魏古诗的大体认识就是汉诗是高于魏诗的。他们认为汉诗距离《诗经》的创作时间最近，所以也更能反映《诗经》的“风雅”传统。汉诗自然精巧、无章法可循，这是后世任何诗歌作品都无法达到的层次，因此汉诗也是五言古诗的最高格。前代选家们首先是离析汉魏的古诗，然后对此加之评论。例如，竟陵派论诗强调“厚”，而钟惺认为古诗十九首、苏李诗、汉铙歌以及魏武乐府恰恰能体现出这一特点。然而在其中，除魏武乐府外，皆是汉诗，由此可见“厚”之典型也正是汉诗。钟、谭编选的《古诗归》中，也以汉诗为最多。王夫之曾在《古诗评选》中指出《古诗十九首·明月何皎皎》“大端言情，风雅正系”①，认为其余的汉代古诗也继承了这一“风雅”传统。对一向为人称颂的建安诗，他也觉得“有危言而无昌气”②，刚健有余而蕴藉不足，也就是说并不符合“大端言情，风雅正系”的特点，从而给出了否定性评价。但是，清代有的选家以汉魏诗并称，并对汉魏诗进行评价时，多取汉魏诗相似的一面，而忽略了它们风格上的不同，如陈祚明在《采菽堂古诗选》中就说“汉魏诗质而雅者也”③。沈德潜前期继承的是前代选家的观点，他对《古诗源》进行编选之时，选的大部分是汉诗，魏诗则在于次。在《古诗源》序中，他提出了他的选诗原则，即“于汉京得其详，于魏

① ［清］王夫之评选：《古诗评选》，张国星校点，文化艺术出版社，1997，第145页。

② ［清］王夫之评选：《古诗评选》，张国星校点，文化艺术出版社，1997，第159页。

③ ［清］陈祚明评选：《采菽堂古诗选》卷六，《续修四库全书·一五九〇·集部·总集类》，上海古籍出版社，第683页。

晋犹其华”[①],也就是说,对于入选汉诗是务求详备的,而对魏诗只是撷其英华。这种选诗原则,张玉穀《古诗赏析》也有所延续和体现,书中对汉魏两类诗歌的选诗比例与《古诗源》也很是接近。

沈德潜的诗学理论肇始于清初,成熟于乾隆年间,并且随着研究的深入,沈德潜在诗论中逐渐显示出了对汉魏诗不再强分高下的特点。前人论及魏诗多以“建安风骨”代之,常以“汉魏”并称,且在两者相提之时也常常注重汉诗,魏诗则常处于陪衬之位。沈德潜后期以“汉音”“魏响”“别调”来定位魏诗,则体现了其所代表的清代格调派取法更广的诗学倾向,纠正了前代诗学以“建安风骨”代指魏诗的偏颇,更加准确地揭示出魏诗总体上的艺术价值。沈德潜以后,诗论家们就不再强分高下了,逐渐开始接受汉魏古诗浑然一体的整体美感,即所谓章法浑成,句意联属,不可分剖的美感。前人许学夷就曾对以王世贞等为代表的传统复古派古诗“魏不及汉”的论断做出了批判。如对于魏诗与汉诗的比较上,许学夷就曾强调:“……此谓‘子建才太高、词太华,而实逊父兄’,胡元瑞谓论乐府也……若孟德《薤露》、《蒿里》,是过于质野……谓子建实逊父兄,岂为定论!”[②]从“变”的合理性出发,更正复古派之论,从而跳出评判两者价值优劣的误区。

---

① [清]沈德潜:《古诗源》,商务印书馆,1936,“序”,第1页。

② [明]许学夷:《诗源辩体》,杜维沫校点,人民文学出版社,1987,第74页。

在此之后，清代诗论家则更加明显地不认同明七子古诗宗汉魏，近体宗盛唐及宗汉贬魏等主张，呈现出鲜明的诗学价值观念多元化的倾向，传统诗学不甚重视的众多诗人也被标举，就最高典范的范围而言，远较前代宽广。

二、对晋诗和陶渊明的推崇

严羽在《沧浪诗话》中认为汉诗、魏诗、晋诗和盛唐诗都达到了一定的艺术水平。而其中晋宋之际的主要代表便是陶诗和谢诗。他在《诗评》中将陶、谢二人并举，言及“汉魏古诗，气象混沌，难以句摘。晋以还方有佳句”。其中他提到了陶渊明“采菊东篱下，悠然见南山”以及谢灵运“池塘生春草”等诗句。并且他认为谢灵运不及陶渊明，这主要在于陶渊明的诗歌性质，但他同时也对谢灵运之诗做出了肯定性评价。而接上句诗歌评论，他还说，“谢所以不及陶者，康乐之诗精工，渊明之诗质而自然耳”，他认为，陶渊明与谢灵运的诗作中多有佳句，谢诗虽无一不佳，但文艺水准略逊于陶。这是因为陶诗贵在天然，谢诗贵在精工，而天然又大于精工。这也就是严羽论陶谢诗歌优劣的重要思想。

严羽以后，诗人沈德潜《古诗源》中所选取的晋诗，也以陶渊明为主，另外陆机、左思的诗歌数量也很多，沈德潜对于这三人有很高的评价。沈德潜特别强调了诗歌的教育功能，所以这也就成为其评判诗歌的一个标准，这种标准与观念，与其生存的时代环境是息息相关的，其中流露的是生存于清政权下汉族士人们心中的民族情感。

王士祯在《五言古诗选》中，选取最多、评价最高的也是陶渊明的诗作："笃生渊明，卓绝后先，不可以时代抱墟矣。"[①]他钟情于具有清雅致远特色的山水诗，也认为山水诗当中属陶渊明诗作最为清远。

《古诗源》中共收录晋诗三十二家，其中对于陶渊明个人作品的收录就达到了三十四篇，并且沈德潜在例言中对两晋之诗做出过评价，曰："壮武之世……太冲拔出于众流之中，丰骨峻上……过江末季，挺生陶公……不第于典午中屈一指云。"从中可以大略看出，在两晋诗人之中，沈德潜对陶渊明、左思极其推崇。这反映了沈德潜的诗学教化观点，其实也代表着清中期诗人对于两晋诗歌的逐渐接受。

乾嘉诗家对晋诗的评价延续了严羽以来的观念，把陶渊明视为最优秀的诗人，另外对陆机的批评也愈加严厉，例如陈祚明在《采菽堂古诗选》中就将陆机的诗歌评价为"造情既浅，抒响不高"[②]。陶诗以平淡自然而著称，乾嘉诗家是宗宋的，在沿袭苏轼"癯而实腴"，侧重于思想内容的分析之外，还注重从法度技巧的角度称赞陶诗，陶诗对于个中准则并不完全顺从与遵守，所谓

① [清]王士祯：《带经堂诗话》，清乾隆二十七年(1762年)刻本。

② [清]陈祚明评选：《采菽堂古诗选》，李金松点校，上海古籍出版社，2008，第293页。

“借题以起兴，不窘韵而学步”[1]，说的就是陶诗出新意于法度之中的特点。

三、对谢灵运的贬抑

从严羽、明前后七子到沈德潜，格调派的诗学理论一直延续发展。格调派通过辨体的方式衡量评定历代诗家优劣，这也是乾嘉时期选家的通常做法。就五言古诗而言，汉魏诗和晋代陶渊明的诗被认为是优秀的五古作品。而谢灵运五古讲究用字，对偶精工，题材由传统的抒情转向写物，已经不同于传统五古的古朴浑然，所受非议也就不难理解了。严羽在《沧浪诗话》的第一卷《诗评》中贬谢扬陶：“谢所以不及陶者，康乐之诗精工，渊明之诗质而自然耳。”[2]到了清代，陈祚明、王夫之、吴淇仍然将目光聚焦在谢灵运的诗歌上。陈祚明在《采菽堂古诗选》中将“情”与“辞”作为自己评判诗歌的标准，他分别从字法、句法、章法结构以及情景交融等方面对谢灵运诗歌进行批评，总结出其诗歌善用“虚字”，同时也指出其诗歌具有“雅”的特点，也就是说，他对谢诗的批评中心落在“辞”所包含的字句、章法等层面。王夫之则运用了“势”“神理”等哲学范畴的诗学理论对谢灵运的诗歌进行充分的阐释，他在继承前人的基础之上，对诗歌中的“情”与“景”关系的理论有了创新和发展，通过对谢诗的批评，很好地印

---

① 曾枣庄、吴洪泽：《宋代文学编年史》，凤凰出版社，2010，第950页。

② [宋]严羽：《沧浪诗话》，明津逮秘书本。

证了他的诗学主张。王夫之对谢灵运的诗歌从“意象批评”的角度展开分析，呈现出一种全新的批评方法。吴淇在《六朝选诗定论》中论及谢诗的同时，也论谢灵运其人其事。他使用了“以意逆志”“知人论世”等方法真实地还原并深入探讨了谢灵运写诗时的某些情感、志向。[①] 此后，谢诗虽然也以其自然、清新、雅丽的格调为人们所称道，但人们所称道的，也仅此而已。

综上，乾嘉诗选家对唐以前各个时期诗歌艺术风貌的评价及古诗经典体系的建构深受明七子的影响，主要表现为承认汉魏诗风的不同，陶渊明具有至高无上的典范价值，对鲍照乐府诗不同于时风的独特性大加称赞等。乾嘉诗家在诗学评论当中也显示出了对不同诗人艺术风貌的辨析更加细致以及诗学价值观念多元化的两个特点。另外值得一提的是，他们在诗学评论中对之前不甚受重视的众多诗人多有接纳，评论对象也就更加宽广。

第二节　桐城文法：方东树的古诗评点

桐城派是清代的著名文派，也是诗派，桐城古文家也善于作诗，因此也有桐城诗派。桐城诗派作为一个诗歌流派，其影响力

---

① 傅宝龙：《清初谢灵运诗歌批评研究——以陈祚明、王夫之、吴淇为例》，硕士学位论文，福建师范大学文学院，2015。

是不亚于桐城文派的。桐城诗派诗人辈出，直至民国初年仍有诗才陆陆续续探头拔尖。这一诗派并非徒有虚名，程秉钊亦于《国朝名人集题词》中感慨："论诗转贵桐城派，比似文章孰重轻。"

桐城诗派在清代诗学史上的地位是不容忽视的，钱锺书《谈艺录》中专列"桐城诗派"一条，以此来简明评述该派流变。提到桐城诗派的形成，就不得不提及刘大櫆，他在此过程中具有重要的作用。刘大櫆向来诗为文掩，知之者甚少，但是其诗歌领域的造诣在清代诗学史上还是不容忽视的。刘氏在桐城诗派的形成过程中起了承前启后的作用，而在这里我们主要探讨刘的后继者方东树，方东树也是清中期诗学界的重要人物。

刘大櫆数次参加科举考试，屡屡铩羽而归，最后以教授学生终老，所教授出来的学生以姚鼐最为著名，方东树又是姚鼐的得意门生，他幼时便聪颖好学，稍为年长师从姚鼐。继"桐城三祖"之后，方东树成为桐城派重要的代表人物之一。他不仅仅对桐城派先贤的诗文论著进行了继承，还在此基础上进行了创新。在清代"汉宋之争"的学术背景下，他保持着比较客观的取舍观念，就是主张汉宋兼采。他反对汉学，但对于汉学并不是彻底的批判，而是注重吸收汉学训诂考据的治学方法。在他的诗学主张中，他宣扬程朱理学，主张诗歌要表达真实情感，这一点与前代选家相似。作为融会桐城派思想、技巧等而自成体系的代表性人物，他所受桐城古文理论的影响无疑是很大的。受桐城古文"义法"影响，他在成就自身理论之上主张诗学温柔敦厚，比较注重“意”。他对《古诗十九首》的评述，也是以此为主要宗旨的。

一、《昭昧詹言》对《古诗十九首》的评价

（一）成书目的

《昭昧詹言》是方东树重要的诗学理论著作，也是桐城派诗论中的代表作。“詹言”取用《庄子·齐物论》“小言詹詹”所语（成玄英疏：“‘詹詹’，词费也……儒墨小言，滞于竞辩，徒有词费，无益教方。”[①]），昭昧则有“昭明蒙昧”的自我期许之义，这种期许在书前的《述旨》和书后所附两跋中均有所表现。

这部著作本是方东树为教授诗歌所作，他主要评述的是汉魏至唐宋元时期的诗人诗作，同时也论及一些不太著名的诗人的诗作。从其著作来看，该书成书目的绝非仅为教授学诗技法，作为程朱理学的拥护者，方东树诗论渗透着极为浓厚的道统思想。加之此时道统正当没落，所以方东树由此产生的扶正匡纯的意识极为强烈。也就是说，他著《昭昧詹言》有着更高的追求，即昭明蒙昧，启悟来学。更通俗地讲就是欲肃清诗坛，匡扶诗道。这种追求贯穿于此书对各诗家的具体评论当中。

（二）论述

方东树注重吸收前辈所得出的重要结论，并且在此基础上进行了整理，注重对文本进行更为详细的阅读研究。他对《古诗

① ［清］郭庆藩：《庄子集释》，王孝鱼点校，中华书局，1961，第52页。

十九首》做到了所论述之处都有依据，并且对其文学特质做出了基本的还原，这一系列的研究，能够揭示其文学价值。

另外，他对于前辈的论述不仅仅是吸收，还对前人的一些旧解依据自身见解作出了进一步的论述。例如在论及《行行重行行》时，他所阐述的观点不再像以往古人一样机械，他认为，“旧解云，首言‘行行’，远也。次言‘行行’，久也。自起至‘越鸟’八句言远，完上‘行行’二字。‘相去’以下八句言久，完下‘行行’二字”[①]，而这对于探索古诗鉴赏之路和《古诗十九首》的正本清源的研究无疑是具有重要意义的。他还基于文本分析了《古诗十九首》的创作渊源，例如选本在评论《西北有高楼》时认为“此等文法，从庄子来”[②]，对《涉江采芙蓉》的评论则是“‘涉江’‘旧乡’，意用屈子”[③]，并且在此基础上精要分析了其对后世的显著影响。

（三）高妙

方东树以“高妙”为核心对《古诗十九首》进行阐述，“高妙”既指事情外在的无可及处，也指内在无法言说的至美。方东树在《昭昧詹言》指出：“用意之高妙，兴象高妙，文法高妙。”“高妙”是其论《古诗十九首》最主要的论据。

方东树的“高妙说”显然受刘大櫆的影响，是“以文为诗”的体现。刘大櫆在《论文偶记》中说道：“古人文字最不可攀处，只

① [清]方东树：《昭昧詹言》，方植之全集本。
② [清]方东树：《昭昧詹言》，方植之全集本。
③ [清]方东树：《昭昧詹言》，方植之全集本。

是文法高妙。”[①]若于此结合方东树的《昭昧詹言》等书的理论内容加以比较，即可发现刘大櫆只是在文法方面作了概括性阐述，而方东树在“文法”的基础上，又强调了“用意”“兴象”，这与前者结合就构成了三个依次递进的思想层次。

“高妙”最早在文论中应用，是曹丕在《典论·论文》中所说：“孔融体气高妙，有过人者……以至乎杂以嘲戏。”刘勰则在《文心雕龙》中把“气”这个概念加以重申，但是这二者所说“高妙”，其实都是文学创作的另一个形态，这都是作者关于“气”的总结与概括。“气”是文学有灵动性的一个表现，它不仅仅是生活的一个本体形态，更是文学作品中灵动的表现，因此用“高妙”来评价文人的诗歌写作，无疑是对文学家、作者的极大赞赏。

方东树则是以“高妙”论《古诗十九首》，而其中的高妙前文已经讨论过，是构建在“用意”“兴象”“文法”的基础上的，方东树在论述中也对自身的观点进行了具体性的解析。他的诠释方法揭示了《古诗十九首》的内涵，同时又在其文化价值方面实现了提升。

方东树曾评《迢迢牵牛星》为“托意高妙”，而其中的“意”则有“用意高妙”的含义。又评《明月皎夜光》中“虚名复何益”一句为“措语高妙”，而他对此诗的全部评价，皆是点出语义与诗歌意义相互之间的关系，这里用“高妙”指代，方东树也可谓深刻了解此中滋味。

---

① ［清］刘大櫆：《论文偶记》，人民文学出版社，1998，第4页。

方东树在评价五言古诗时，也多用“高妙”一字。他所主张的“用意”“兴象”“文法”这三种言及“高妙”的理论，体现了其对诗歌内在含义与外在形式的要求。他还指出，在外在和内在上取得一致的作品，才能达到有价值的诗歌的标准。用“高妙”说来评价《古诗十九首》，这恰恰可以证明《古诗十九首》是当时比较成熟的五言诗，除此之外，它在美学上也是做到了情景交融的。

《昭昧詹言》对《古诗十九首》的评论，既体现了《古诗十九首》在清代的主要流传状况，也从侧面说明了清代诗论的主要价值方向。清代论诗家虽然带有鲜明的道统精神，却也在一定意义上对诗歌本质含义进行了拓展与发掘。方东树对于《古诗十九首》的评论，虽带有桐城“义法”的印记，但也有革新，一些看法对今人也不乏启迪作用。

二、以桐城文法论诗

方东树诗歌理论的产生受到了桐城派先辈的熏陶，这对他的诗歌理论创作有很大影响。方东树本人不论是受诗文创作环境影响，还是受其本家思想影响，他对桐城派诗人十分尊崇。姚范对前明七子的肯定观点以及推崇杜甫、黄庭坚等人兼取唐宋的论诗取向，对方东树影响巨大。方东树的文人诗学论发展得很是系统全面，其在桐城派前辈的研究基础上进一步阐发了桐城派诗论的主要内容，使桐城派诗论体系趋向完善。

方东树重视才学、追求古雅，他期望可以掌握古代写诗的技巧，以便加以创新，也就是说他所提出的尊崇古人并不是指对古人创作亦步亦趋。他对文人的道德修养有着高度的要求，所以，他对当时盛行于乾嘉诗坛的“性灵派”“浙派”是带有批评意味的，表达出了自己性情与道义并重、才智和情韵并存的思想。

方东树将以往传统文人诗学思想系统化，构成了其以文论诗的主要思想风格。他在《昭昧詹言》中说，“大约古文及书、画、诗，四者之理一也。其用法取境亦一”，“尝谓诗与古文一也，不解文事，必不能当诗家著录”[①]。而据此，他又不得不提及韩愈的文学主张。方东树主要思想风格与韩愈的“以文为诗”虽有关联，但在实质上是没有共同之处的。

他觉得古诗与古文义法一致，甚至对律诗而言也都是一致的，因此能够直接地把古文的文法应用于诗词中。“以文论诗”很显然是构建在诗与文相异的基石上的。以诗与文相异为前提条件，我们进一步地了解“诗词一律”，即认为诗歌和文章具有共同的审美观念。诗文一律，并不仅仅是应用于诗文两种艺术体裁的一般原理，而是在具体语言情境中的特别用法。它用以讨论古文时，便是以诗学论文，用以讨论诗词时，便是以文学论诗。这是我们研究方东树“以文论诗”的美学取向首先应该清楚的课题。

---

① [清]方东树:《昭昧詹言》，方植之全集本。

三、对陶诗的点评

方东树认为，陶诗的高妙之处在于取境与古文相通，即以文法入诗。因此，从文法的角度点评是方东树论陶诗的重要特点之一。如评《癸卯十二月中作与从弟敬远》一诗："公善用虚字，最雅令清则，无软弱率易之病，如'箪瓢'等句可爱……'苟'字'讵'字，开合相应。一直叙去，而时时顿挫开合，笔势起跌，无平直病。"[①]意思是由于陶渊明善用虚字，避免了因平叙挨讲而造成的平钝软易之病。又如评《归园田居》其三："此又就第二首，继续而详言之，而真景真味真意……能逆能倒找，能回曲顿挫，从无平铺直衍。"[②]这里的"顿挫开合，笔势起跌"也就是强调叙述要有变化，"能逆能倒找，能回曲顿挫"也就是为了避免形成呆滞死气之文风。

至于陶诗用意精深，方东树也作了精心点评。如评《饮酒二十首·幽兰生前庭》一诗："此诗用意甚远，必为时事而发。然自古及今，圣贤所以立身涉世之全量，不过如此。"指出此诗"言怀才见遇，又当思慎任道"。方东树的意思是，贤达之人虽然以仁义之心辅助天下，但同时也应当考虑到世路艰险，要能够急流勇退，他认为这是圣贤立身处世之道。这是此诗用意所在，但因为此诗是诗人有感于时事而作，故说"用意甚远"。对于陶诗而言，

① ［清］方东树：《昭昧詹言》，方植之全集本。
② ［清］方东树：《昭昧詹言》，方植之全集本。

更多的时候文法高妙与用意精深是相结合的。如评《有会而作》一诗:"正言菽粟不足,却以甘肥为衬,则意深而曲,有味矣。'常善'四句,与谢公'平生疑若人'四句同。本言已慕此人,却反言以非之,则局势曲而变化矣……则余今日亦止有固穷甘馁而死,正以师昔人也。"①此处"意深而曲""曲而变化",一强调用意精深,一强调用笔多变,二者浑然一体。因此,方东树以为:"读此乃见公用笔之变,用意之深曲,文法妙不测。"②

由此可见,方东树对陶诗的评点最终是落实到诗人的人格修养上来的,其理论基础是陶诗的思想符合六经之旨义。综合起来看,方东树对陶诗的研究虽继承、综合了前人的诸多观点,却是自成体系的。他对陶诗的思想倾向的理解是他对陶诗创作手法、艺术风格研究的理论基础,即以六经为参照,以儒家的道德标准来评点陶诗。

第三节　清中期文学风向——从《古唐诗合解》入手

王尧衢所著的《古唐诗合解》相较于清中期其他选本来说流传较为广,原因有二。第一,《古唐诗合解》的编选有较强的普及性。明清时期,蒙学教育尤为兴盛,诗歌选本的编辑也以适合初

---

① [清]方东树:《昭昧詹言》,方植之全集本。

② [清]方东树:《昭昧詹言》,方植之全集本。

学者为首要追求。王尧衢秉承“为初学者提供作诗之权舆”的编选宗旨，对古诗进行了选录。虽选诗总量少，但所选诗人、篇目皆为读者耳熟能详，并非单从一己之性情、兴趣出发来选诗，很大程度上考虑到了普通读者的阅读水平和需求，更有利于选本的广泛流传。第二，注解详明，便于普通读者理解与接受。王尧衢在解诗过程中有意对语词训诂加以简化、精练，降低了普通读者理解诗歌的难度。综合而言，《古唐诗合解》是一部较为优秀的“鉴赏型”诗歌选本。其广泛流传，促进了古诗的传播与普及，有着不容小觑的积极影响。

正是因为这部选本的普及性太高，又有很多对前人论诗观点的借鉴，所以选家个人的诗选观反而被忽视了。本节内容研究这部选本中体现出来的王尧衢个人的文学标准和文学态度，以及由此反映出的清中期的诗学风向。

一、选诗标准

（一）真情实感与政治色彩

王尧衢比较钟情于敢于表现自己的真实情感、真实性情的作品，例如《越人歌》《定情篇》便是此类，王尧衢这种观点也在《古唐诗合解》的编选中得以展现。纵观整部《古唐诗合解》中的诗歌选取，有多达二百多首皆是未经华丽辞藻修饰、直抒胸臆地表达自己真实情感的。

王尧衢也比较重视诗歌的政治色彩，这一点我们也可从王氏对诗的评价性文字中具体看出。如对《古诗十九首·行行重行行》,以往的评论都论及男女之情,而王尧衢却在此评价为“此为邪臣蔽主,贤臣去国,而不忍忘君之辞”。可见,他认为诗中是以女性之情来形容君臣之情,以闺妇对于游子的眷恋之情来形容臣子对君主的惦念。这一解释改变了以往传统的解释。由此可见,王氏诗歌评述的一大特色,就是表达真性感情于社会政治层面上的意义。

其实在整部《古唐诗合解》当中,类似的政治上升性的解读还有很多,例如《凛凛岁云暮》等,他对于此类诗歌的解读都具有升华性质,从中我们可以窥得其选诗特点与标准。

(二)重“自然”

在《古唐诗合解》序文中,王尧衢提到“夫人心至虚至灵,由心而动……以成文章。诗也者,心之声也”[①],即虚灵之心动之而发,自然产生。此处体现了王尧衢选诗的另一标准——“自然”。在他选取的诗歌中也可以窥得,他多选取语言自然朴实者。他认为具备自然有两个必备条件,并且这两个必备条件也具有先后关系,王尧衢在序文提到:“余因仰溯上古,自尧舜至唐……用其才胆识力纵贯一家言。”[②]也就是说,他崇尚的是才胆识力挥斥其间的文章,另外,具有才胆识力之后的创作要“因遇得题,因题达情”,而这里的“达情”实际上就是要求真情实感,只有这样才

① [清]王尧衢编著:《古唐诗合解》,岳麓书社,2020,第1页。

② [清]王尧衢编著:《古唐诗合解》,岳麓书社,2020,第1页。

能达到足够的“自然”。

王尧衢的诗学思想中具有真性情和政治性主题，受多家启发之后又进行了自我文论思想的中和调整，调整之后所产生的选本较其他选本来说是比较平稳温和的，这样的选本对于我们了解那个时代的诗学倾向具有重要的参考意义。

二、诗选体例与“源流正变”诗学思想

王尧衢《古唐诗合解》的编纂体例的重点主要在“时代”和“诗体”两个方面，而这个重点表明了他的“源流正变”诗学思想。例如拿“时代”这一方面来讲，王尧衢将所选古诗按时代顺序排列，依据自己的理念将部分顺序做出调整，他将汉乐府、汉诗列于汉歌谣词下，又将四言诗体移至汉诗下，按照汉歌谣词、汉乐府、汉诗、四言诗体这一顺序呈现出以汉代为源的诗歌发展观。“诗变”作为中国古代文论的范畴，是历久弥新的话题。刘勰将“通变”思想运用到诗学理论的发展过程中，为如何“通于文章之变，而使文章之事永远发展”提供了解决办法，其所言具有方法论的指导意义，为诗歌史的构建奠定了理论基础。

王尧衢欲明源流正变的诗学思想，除体现在《古唐诗合解》编纂体例中，还见于其对诗歌的评点中，《古唐诗合解·凡例》言：“读者须熟悉乎文质、体裁、格律、声调、升降之不同，而诗之源流本末乃全。”[①]以此为指导思想，王尧衢进一步落到实处，即

① ［清］王尧衢编著：《古唐诗合解》，岳麓书社，2020，第3页。

在评点中有意对他强调的文质、体裁、格律、声调、升降等方面变化进行说明。

另外，整部《古唐诗合解》就文本分析上来说，采取了“分解法”分段解析的体例，这是值得我们注意的一个方法，也是整部选本的一大特点。“分解法”要求注重诗歌语言中的逻辑关系，然后再对其中段落进行划分，最终完成整合。比如王尧衢在选本中就将诗歌《短歌行》分为四个小节来分析，他这种分析有利于初学者对于文意以及文内逻辑的理解。而对唐代五七言律诗的注解，他曾说，“注律诗则分前后，解写题中何意并注明起承转合……务必字字得其精神，言言会其意旨。”[1]

三、以情论诗与以雅论诗

王尧衢的评点，有较明显的思想倾向性，其中以情论诗是其评点古诗的主要指导思想，而以雅论诗可见王尧衢兼具儒道两家思想的审美观念。

（一）以情论诗

以“情”论诗是王尧衢评点古诗的首要着眼点，其使用频率在《古唐诗合解》中居于首位。

王尧衢认为，诗歌皆诗人所发之心声，心之所动皆由情而来，因此诗歌皆为写情之作。《莫愁乐》云：“闻欢下扬州，相送楚山头。探手抱腰看，江水断不流。”王尧衢评：“不必真有此境，而

---

① ［清］王尧衢编著：《古唐诗合解》，岳麓书社，2020，第 4 页。

情则有之，诗以写情而已。”[①]可谓一语道出其以“情”为重的诗学观念。王氏对诗歌情感类型及表现形式有较明确的个人喜好，上文中亦已提到，一是情真者，二是有“才胆识力”者，王尧衢认为，凡优秀的诗歌作品，皆为具有“才胆识力”的诗人于外物有感而发所成。在此过程中，诗人所抒之情最为自然、真实，也最能打动读者。

（二）以雅论诗

首先，王尧衢论诗尚“雅”表现为对符合儒家思想规范的诗歌内容的肯定。如王尧衢评韩重《紫玉歌》：“古今才子佳人，死于情者何限！读《紫玉歌》，盖情极而制于义以死者也……读者当悯其情，取其义，而归之于正。”[②]王氏对上述诗歌的评点，皆着眼于内容或情感表达是否符合儒家思想对中和之美的追求。王尧衢主张的“语意温柔忠厚”与孔子所说的“乐而不淫，哀而不伤”的温柔敦厚诗教观，具有内在一致性，因此可以说，王氏的评点思想是对儒家之“雅”的继承与发扬。

其次，王尧衢评点推崇道家超凡脱俗之“雅”，即诗歌内容具有“清”之特点。如葛洪《洗药池》：“桐阴泠泠，风佩清清。仙居永劫，华木长荣。”王尧衢评：“诗中清气逼人，宛是世外人语。”[③]另外，他论诗尚“雅”还要求诗歌内容简重、不轻浮，主要体现为

① [清]王尧衢编著：《古唐诗合解》，岳麓书社，2020，第78页。
② [清]王尧衢编著：《古唐诗合解》，岳麓书社，2020，第9页。
③ [清]王尧衢编著：《古唐诗合解》，岳麓书社，2020，第52页。

他对南北朝乐府诗的大量收录及其“雅”内涵的发掘。唐汝谔《古诗解·凡例》言：“原本性情，有关风化。但不失古人温柔敦厚之旨……存其雅者，庶几亦十三国风不删郑、卫之意云。”[①]王尧衢不仅遵循唐汝谔“存其雅者”的选录标准，保留南北朝乐府中大量男女唱和之作，且在评点时进一步指出诗中所蕴含的“雅”思想。如王尧衢评徐陵的《长相思》：“调苦思深，有雅人之逸致。”[②]王尧衢认为，诗中所写本为女子闺思，却不浮于柔靡，能够真切感受到诗中女子的殷切思念之情，令人为之动容。

总　结

乾嘉时期是清王朝由盛转衰的时期，这一时期的社会环境相对来说是比较稳定的，而物质财富也是相对增长的，这一环境为学术与文学创作的繁荣创造了条件。当时社会相对安定，学者研治经史注重训诂、考订，文人也具有多重学问，大多数文人通过古诗选本的方式阐明自己的诗学主张。在文坛上，以沈德潜为代表的“格调说”倡于前，以袁枚为代表的“性灵说”随其后，翁方纲别出新意，提出“肌理说”等，乾嘉诗人大多学养深厚，对诗学问题的认识能够汲取前人合理主张，从而乾嘉时期的诗学

① [明]唐汝谔选释：《古诗解》，齐鲁书社，1997，第319页。
② [清]王尧衢编著：《古唐诗合解》，岳麓书社，2020，第87页。

选本呈现出鲜明的集大成的特点，其对汉魏诗不再强分高下，对陶谢两人也呈现出“扬陶抑谢”之态。桐城派除总结传统古文理论之外，也有其代表性的古诗选本，其中不得不提到的便是方东树所编选的《昭昧詹言》。该书不仅仅是诗学理论著作，也是桐城派诗论中的代表作，这一选本注重吸收前辈所得出的重要结论，并且在此基础上进行了整理，注重对文本进行更为详细的阅读研究。《昭昧詹言》从整体上而言，贯彻了编选者欲肃清诗坛、匡扶诗道的追求。《古唐诗合解》也是这个时期的产物，但是相较于同时期的其他选本，它杂糅了多家学说，流传较为广泛。选本本身受多家启发而后选的特点使得这一选本态度平稳中和，因此从中也能比较综合地了解这个时期的文学风向。清中期选家始终致力于修正前人选本的不足之处，进而凸显自己的理论主张。在此过程中，选与评是逐步深入的，从诗歌体裁、题材的发掘进入情感以及表现手法的探究。同时，选、评结合批评形式的盛行使得古诗选本评论的层面更为丰富。

第六章　清代后期古诗选本及文学思潮

清代后期的古诗选本继续沿袭了前代的传统，一方面对古诗进行整理和传扬，另一方面则体现了当时文人的审美趣味和文学思潮的变化。这一时期的古诗选本在编选上更加注重个性化和学术性，受到晚清复杂的社会历史背景及西方文化输入的影响，文学理论和批评有了新的发展。

清代后期文学思潮中，民族危机和社会动荡引发了文学上的反思与革新，一部分学者开始吸收西方文学理论，提倡“新学”，尝试打破传统的文学格局。王国维的《宋元戏曲考》（后改为《宋元戏曲史》）标志着中国传统文学研究走向了更为科学系统的道路，他对文学作品的审美价值和社会功能进行了深刻的思考。在诗歌创作和选录上，出现了对“真情实感”“经世致用”等主题的重视，以及对旧体诗词形式的革新探索，如黄遵宪等人倡导的“旧风格含新意境”。清代后期的古诗选本除了保持对古诗的严谨态度之外，也显示出对现实主义精神和个性解放诉求的响应，选诗时倾向于揭示作品的时代精神和社会内涵。清代后期出现的许多诗话、诗论著作中，往往也附带选录了一些诗歌，它们在理论上推动了诗歌审美观念的转变，同时在实践上也起到选本的作用。总之，清代后期的古诗选本不仅是文学积累与传承的载体，更是当时文学思潮演变和文化转型的见证。选本的选择标准和编纂方式，都在一定程度上反映了这一时期的文学价值观和社会心理变化。

第一节　张琦《宛邻书屋古诗录》

清中期诗坛的"以学为根、以考据为诗"的风气在当时极具争议。张琦根据对古诗词的挑选和诠释，强调"导其流源，备其正变，寓其义，易复诗言志"之古风，反映出其强烈用世心理。

张琦是常州词派的创始人之一，也是阳湖诗派的主要成员。他在诗学、词学、古文方面，都有自己独到的见解。《宛邻书屋古诗录》（以下简称《古诗录》）是他很有价值的古诗选本，值得大家研究和剖析。他将诗歌放在君臣关系的框架中进行阐述，表述尽忠的爱国之情以及自身怀才不遇的无奈。其成就主要有两个方面，一是在议论方面的卓越和独特，二是评论时的慧眼识珠、言简意赅。换句话说，他的论述具有非凡性和特有性，他在评论中的见解和智慧凸显了他在诗学中的非凡成就。

一、《古诗录》序里的诗学观念

《古诗录》作为张琦诗学代表作品，展现了他的诗学标准和论述特点。《古诗录》序就是他诗学思想的充分体现。

在《古诗录》序中，张琦提出了两个观点。一是关于诗的实质。他认为诗歌本质是心与物产生感应之下，是诗人对自己内心所产生的情感的抒发。张琦说："诗者思也。夫民有喜怒哀乐爱恶之情，有君臣朋友家国身世升沉、新故盛衰暌合之感，苟撄其心，必动乎情。"[①]与刘勰在《文心雕龙·神思》中"文之思也，其神远矣。故寂然凝虑，思接千载；悄焉动容，视通万里"[②]的看法有异曲同工之妙。他要求诗人在诗歌中进行自然的真情表述，从而寻找真情的出处，也就是诗人自身的情感由文字表达出来。二是对"兴"的高度重视及对情与言关联的看法。《毛诗序》的"诗有六义"观点和"风、雅、颂""赋、比、兴"的诠释，对后世的诗学基础理论建构具有重要的借鉴意义。张琦把"兴"从六义中抽出，在诗歌艺术标准的层面上根据自己的理解进行再次阐释。张琦对"兴"的阐释包括两个层面，首先，他认为诗歌应该具有诗人本身的真情实感，诗歌所表现的应该是诗人的真情。其次，他认为诗歌应当注重语言表达。也就是说，应当以情感为里，以语言为表，二者相结合才能够产生共鸣进而升华。其实这种观点与"质胜于文，文胜于史"[③]是十分相近的。

---

① [清]张琦：《宛邻文集》，常州先哲遗书本。

② [清]黄叔琳：《文心雕龙辑注》，龙溪精舍丛书本。

③ 杨伯峻：《论语译注》，中华书局，2009，第60页。

二、《古诗录》中诗歌选录和评注

《古诗录》中诗歌选录评注与张琦在序文中所提出的一些诗歌理论是相符的。

（一）揭示诗歌情感

张琦的评论多见五言诗，但不同于大部分诗评家对诗歌进行分析评论时侧重于字、词、语法，张琦侧重于揭露作者的真情实意。《古诗录》的一百七十余条评论中，有表述诗歌意思的注解，而这些注解大部分都是在论及诗歌作者内心的情绪及感受。例如，他对宋子侯《董娇娆》评论道："士不遇时多见摧抑，因花落而感兴秋时……意更沉痛，何时者忽不自知之辞。"[1]点明了诗歌作者因两人不能相见的相思之苦。另一条评论《悲与亲友别》说："朋友有故而去，不能留之。"[2]并且点出作者的内心情感"何时复来还，伤其不复来也"[3]。《白马篇》的评论也很简约地点明为言志之作。

其中，张琦格外留意怨情这种情感，以诗词发泄自身挥之不去的郁积、烦闷与不满，这一点也表现在他对古诗的评论中。比如，他在《孟冬寒气至》的注评中说："一书之后，旷邈三岁……故曰惧君不识察，不言怨，深于怨矣。"[4]虽未抱怨，却比抱怨更深

① ［清］张琦：《宛邻书屋古诗录》卷二，清同治八年（1869年）刊本。
② ［清］张琦：《宛邻书屋古诗录》卷二，清同治八年（1869年）刊本。
③ ［清］张琦：《宛邻书屋古诗录》卷二，清同治八年（1869年）刊本。
④ ［清］张琦：《宛邻书屋古诗录》卷二，清同治八年（1869年）刊本。

刻。他认为，诗中所表达的“怨”并不仅仅是男女之间的怨情，而更可能是时乖运蹇、岁月蹉跎的悲哀。张琦出身医学世家，从小就有兼济天下之志，成年取得功名以后，亦时常悬壶济世，《武进阳湖县志》载：“(张琦)字翰风，惠言。十八年(1813 年)顺天举人。历官山东邹平、章丘知县，补馆陶……精医术，治县时，值大疫，全活甚众。”《清国史》载：“琦善医术，民有病者，设局自诊之。”可见张琦一直有着拯救生民的报国之心，只可惜无由施展少年的抱负，因此，他对“怨情”的书写，实际也是为了借他人之酒杯，浇自己胸中之块垒。

(二)评语中的“以意逆志”

张琦评诗一直与自己的经历紧密联系，把诗评与感情联系在一起，所以他的许多评论全是“表志之作”或“对权力的抨击”，多有“以意逆志”之处，即以自身怀才不遇的愤慨去揣度诗人内心的情感。比如，他评论辛延年的《羽林郎》：“一奴而声势赫奕，横肆无忌若此，所以深刺权要也。”[1]他着重揭示了一个人若是因为权力傲慢自大，最后也会被权力的恶魔所吞噬。他在《五游篇》的评论中引陈祚明的话：“此有托而言神仙者，九州不足步，其不得志于今之天下也，审矣。”[2]类似的评论在他的选本中有很多体现，此处不再赘述。

此外，他还多以君臣关系解读古诗，以《古诗十九首》的评论

① [清]张琦：《宛邻书屋古诗录》卷二，清同治八年(1869 年)刊本。

② [清]张琦：《宛邻书屋古诗录》卷二，清同治八年(1869 年)刊本。

为例，张琦在点评《行行重行行》时引陈祚明的话："此逐臣之辞，谗谄蔽明，方正不容，所以不顾返也。"将思妇游子相思之情上升为臣子虽流落在外依然心系故国、心系国君的感情。

张琦对古诗阐释之所以有这样的特点，应该与他自己不如意的人生经历以及强烈的经世之心有关。张琦自己所作《杂诗》七首，其中一首写道："素月出遥岫，皎然扬清辉。天宇一何肃，凄凄懔霜威。寒林卓枯条，商飙荡帘帏。孤雁顾我鸣，侧怆有余哀。慨然念身世，忽忽心伤悲。日月不可留，壮志倏已违。咄嗟岁云暮，白首何所归。"[①]诗人在寒夜望着素月，听着大雁凄楚的悲鸣，想到自己坎坷的人生经历，感慨岁月飘忽易逝，功业未成，如今已是烈士暮年，前路依然渺茫，不知未来将往何处去。素月、寒林、孤雁等意象贴切地表达了作者内心的孤寂，他用天真朴素的语言表达饱含着诚挚而深沉的漂泊感，其中壮志难酬的悲凉不言而喻。正是由于这样的人生体验，他的诗论之中常携带着自己独特的颜色。

三、《宛邻书屋古诗录》与其"用世"之心

嘉庆和道光两位皇帝的执政时期，清朝从盛世转向衰落，在政治、经济、社会、军事各方面均遭遇了前所未有的挑战，吏治腐败、农民起义、自然灾害、鸦片战争等导致社会连年动乱，民不聊生，内外交困，国力一落千丈。伴随着"世运"的逐渐迁移变化，

① [清]张琦：《宛邻文集》，常州先哲遗书本。

经世思想也应时而兴。张琦是这一思想的代表。如前所述,他出身医学世家,有兼济天下之心,却一直仕途蹭蹬,沉沦下僚,空有一腔热血而无施展之机遇。古代文人为了平衡心态,往往把未达到的理想寄托于文学创作。所以,张琦的诗、词、文章都隐晦地表现了他的经世之心。[1]

张琦的《宛邻书屋古诗录》展现了张琦诗论批判性的特点,在第一卷的序言中他对诗的评论清晰地揭露了他的伟大志向和不得志的无可奈何之情。同时,张琦通过对古诗的评点,致力于正确引导古诗的发展,为积极主动的转型做准备,即高度重视诗歌对现实的寄托,表达了对浙西派末期"浮、薄、虚"作风的不满,表现出了文本讽刺时代的实质。

第二节　曾国藩《十八家诗钞》与诗歌的经典化

晚清名臣曾国藩在清代文学史上也占据了重要位置,他的文学贡献不仅体现在创作上,还在文学理论的阐述、文学经典的编选和文学教育的推广等方面有着卓越的成就。曾国藩继承和发展了桐城派方苞、姚鼐的散文传统,结合自己的文学主张和风格,创立了晚清古文的"湘乡派"。他主张古文写作应讲究音韵节奏、语言简洁有力,以意蕴深远、气势磅礴为特点,借鉴汉赋的

① [清]张惠言辑:《词选》,上海古籍出版社,1995,第 535 页。

宏大气象，创造出一种雄奇瑰伟的意境。他编纂了《经史百家杂钞》和《十八家诗钞》等著作，前者汇集了诸多经典文献中的精华，后者则是对历代名家诗歌的精选，这些选本不仅体现了曾国藩的文学眼光，也对后世产生了深远影响。其中，《十八家诗钞》是曾国藩的一部非常重要的诗歌选本，共二十八卷，主要选录了自汉魏至南宋十八位诗人的作品。这部选集体现了曾国藩的文学审美和诗学主张，旨在通过精选佳作，引导后世读者理解和鉴赏古代诗歌的韵味与精髓。通过《十八家诗钞》，曾国藩希望传承和发扬中国古代诗歌的优良传统，同时也反映出他本人对诗歌创作及鉴赏的独到见解。

一、《十八家诗钞》成书及编写之因

曾国藩的文学历程主要有两个阶段，其一是道光十五年(1835 年)进京以后，在这个阶段上，他主要以诗歌和文章的创作为主，内心常有当世无韩愈、王安石之流与自己相辩论的遗憾。另外一个阶段则是在咸丰年间以后，这一阶段他以文学理论的建设为主，通过书信、文章等各种方式陈述自己的文学主张，他编选《十八家诗钞》就是其中一种方式。

《十八家诗钞》重点选取了曾国藩认为在诗歌艺术上具有极高成就的代表人物，包括汉魏六朝的曹植、阮籍、陶渊明、谢灵运、鲍照、谢朓六家；唐代的杜甫、李白、韩愈、白居易、王维、孟浩然、李商隐、杜牧八家；宋金的苏轼、陆游、黄庭坚和元好问四家。

总共收录了古体诗和近体诗总共有6599首。曾国藩在日记中写道："余在京抄成《十八家诗》，阅今十有六年，虽常携行箧，不时温习，然未能校对错误，略加批识。"[①]这是他在1867年十二月二十九日所写，由此可知选本大致编纂的时间范围，应在1850年后，但此时的选本还不够详尽完备。这说明《十八家诗钞》的编选并不是立即完成的，而是通过阶段性的编选和评点来完成的。

《十八家诗钞》的编选很有条理性，按照整本选本的编排来看，所选的诗人之下有其事迹的介绍，诗题下有解题，或解诗旨，或考诗名，选诗的最后还有对文字的探究。同时，《十八家诗钞》作为专门的诗歌选本正可裨补他之前的《经史百家杂钞》中所选诗歌以农事战争或是祭祀方面的内容为主的不足。在注重实际功能的基础上，曾国藩也关注了诗歌的审美特性。虽说选本本身主要体现了曾国藩的诗学主张，但是在一定层面上也与其诗歌创作理念相适应，因此，这部选本能比较客观全面地体现出他本人在诗歌批评方面的成就。

二、编纂目的

（一）个人喜好与审美情趣

曾国藩自身对诗歌的喜好和审美情趣，是《十八家诗钞》的编纂基础之一。曾国藩在日记中写道，对于此选本的编撰："余

① [清]曾国藩：《曾国藩全集·日记》，岳麓书社，1987，第1454页。

既钞选十八家之诗，虽存他乐不请之怀，未免足己自封之陋。”[1]可见他编选这部选本，是为了“他乐不请之怀”以及“足己自封之陋”。他对诗歌有自己的审美喜好：“五古拟专读陶潜、谢朓两家，七古拟专读韩愈、苏轼两家，五律专读杜甫，七律专读黄庭坚，七绝专读陆游，以一二家为主，而他家则参观互证，庶几用志不纷。然老境侵寻，亦只能长吟以自娱，不能抗手以入古矣。”[2]他喜欢夜间读诗自娱自乐：“余久不作诗，而好读诗。每夜分辄取古人名篇高声朗诵，用以自娱。”[3]他读陶诗时，因了解其旨意而颇为欣悦：“夜阅陶公述酒诗，……于陶公庾词微旨尽得解释，欣悦无已。”[4]他也对自己选编选的诗颇为得意和满意：“所选抄五古九家、七古六家，声调皆极铿锵，耐人百读不厌。”[5]可见，他所编纂的《十八家诗钞》，是符合他个人喜好和审美情趣的。

（二）家学传承和指导后学

曾国藩十分重视培养诸弟及子侄们的文化修养，注重家风的传承，他以“勤”与“俭”为核心价值观教育子女。他要求家人要勤于读书、勤奋工作，同时在生活中厉行节约，倡导朴实无华的生活作风。曾国藩在教导后代读诗方面，秉持了儒家教育理念，认为诗歌不仅可以陶冶情操、提高文化修养，还能寓教于乐，

① ［清］曾国藩：《求阙斋日记类钞》，王启原辑，申报馆丛书本。
② ［清］曾国藩：《求阙斋日记类钞》，王启原辑，申报馆丛书本。
③ ［清］曾国藩：《曾国藩全集·家书》，岳麓书社，1985，第809页。
④ ［清］曾国藩：《求阙斋日记类钞》，王启原辑，申报馆丛书本。
⑤ ［清］王定安：《求阙斋弟子记》，清光绪二年（1876年）刻本。

培养高尚品格。他关心诸弟的学业，鼓励他们读书："四弟六弟考试不知如何，得不足喜，失不足忧，总以发愤读书为主，史宜日日看，不可间断。"[①]他强调每日诵读的习惯，规定家中子弟每日必须诵读一定量的诗词，以培养持久的学习毅力和专注力："总以书熟为主，每日读诗一首。"[②]在给其子曾纪泽的家书中，曾国藩指出教育孩子作诗歌时应取法古人："尔七古诗，气清而词亦稳，余阅之忻慰。凡作诗，最宜讲究声调。"[③]

为了指导兄弟子侄以及晚辈后学写诗，曾国藩编选了《十八家诗钞》作为诗歌习作启发后学，教导后代学会品鉴诗歌的优劣，分析诗歌的结构、韵律和修辞手法，同时鼓励他们模仿创作，以提高文学创作能力。他在家书中写道："余所选钞，五古九家、七古六家，声调皆极铿锵，耐人百读不厌……欲作五古七古，须熟读五古七古各数十篇，先之以高声朗诵以昌其气，继之以密咏恬吟以玩其味，二者并进，使古人之声调拂拂然若与我之喉舌相习。则下笔为诗时，必有句调凑赴腕下，诗成自读之，亦自觉琅琅可诵，引出一种兴会来。"[④]读诗原则和作诗之法，可谓详尽，可见曾国藩对后代的诗学教育用心良苦，这也是他编纂《十八家诗钞》的一个目的了。

曾氏前期在致诸弟、谕子侄的书信及日记中屡屡谈道："尔

① [清]曾国藩：《曾文正公家书》，申报馆丛书本。
② [清]曾国藩：《曾文正公家书》，申报馆丛书本。
③ [清]曾国藩：《曾文正公家训》，申报馆丛书本。
④ [清]曾国藩：《曾文正公家训》，申报馆丛书本。

要学诗,先须看一家集,不要东翻西阅。”读专集、专学一家、不读选本的主张看似和曾氏本人喜好《文选》《十八家诗钞》的声明相抵牾,实则不然。他认为只有在一体有成的前提下方可广泛搜集, 远承古人,兼师他体。曾国藩的主张不仅避免了初学者贪多务得的弊端,也指出了诗文研习的有效途径,体现出集大成者的开阔视野。

三、选本与诗家作品的经典化

(一)选诗标准与诗歌审美典范

《十八家诗钞》收录了自魏晋南北朝的曹植、阮籍诸人至金代元好问等著名诗家的代表性诗作 6599 首。该书所选诗人虽仅十八家,却体现出曾氏对诗歌发展前瞻性的宏观把握以及兼采唐宋的诗学趋向,透露出曾氏前后期诗学观念中一些微妙变化的轨迹,也体现出与桐城派有别的诗学理念与审美取向。魏晋南北朝至金代为我国五七言诗发展、完善的主要时期,曾国藩选择不同时期的大家以体现各时期诗发展的主要成果,一定程度上对于诗家作品的经典化历程起到了推动的作用。

曾氏把入选诗划分为气势、识度、情韵、工律四种审美范型,也体现出曾氏比较全面的艺术审美视角。在宋诗派普遍排斥白居易的浅俗诗风之际,曾国藩把白氏《新乐府》收入了他精心编选的《十八家诗钞》,并在《鸣原堂论文》收录的《苏轼上皇帝书》中为之辩解:“白香山诗务令老妪皆解,而细求之,皆雅饬而不失之率。”[①]并认为：“奏疏能如白诗之浅，则远近易于传播，而君上亦易感动。”[②]《新乐府》的入选既突破宋诗派的藩篱而肯定了平易浅显的诗风，也展示了曾国藩注重诗歌救济人病、裨补时阙的经世功用。

曾国藩的早期诗文写作总体多偏向于宋代诗文格调，曾是宋诗派的人物。但在《十八家诗钞》的编选过程中，曾国藩却突破了这一点。在选本中，他以广阔的视野对各类各代的诗歌类型进行了兼收，也对诗家作品经典化历程起到了一定的推动作用。《十八家诗钞》中以入选的五古为例，卷一即选了曹植的五古55首，可见曾国藩对曹植的推崇。曹植的文学成就很高，本身就是建安文学的代表诗人之一。他诗歌中的文字及诗歌体裁甚至蕴含的感情都被曾国藩所称道。阮籍的艺术风格也颇为曾国藩所称赞，曾国藩认为阮籍利用比兴手法对五言诗的表现功能进行了开拓创新，对五言诗的体制有所巩固和发展。陶渊明继汉魏之后成功开辟了自然天成、摒弃浮华修饰之后的真淳美质与境界。可见，入选《十八家诗钞》的都是曾国藩极为重视的诗人，反映了他在古诗上的审美取向。

（二）批评层次

曾国藩还在日记中写到了他对诗歌的审美趣味：“余昔年抄古文，分气势、识度、情韵、趣味为四属。拟再抄古近体诗，亦分

---

① ［清］曾国藩：《求阙斋读书录》，清光绪二年（1876年）刻本。
② ［清］曾国藩：《求阙斋读书录》，清光绪二年（1876年）刻本。

为四属，而别增一机神之属。机者，无心遇之，偶然触之……神者，人功与天机相凑泊。”[①]他将诗歌划分为气势、识度、情韵、趣味和机神这五种审美范型。后来，他又对自己的诗歌理论进行了添加和创新，他把“机神”与“趣味”合并为“机趣”。所谓“机趣”，他在日记中解释道：“故不藏锋而联丝萦带，以发其机趣，二者其理本一贯。”[②]

到了编纂《十八家诗钞》时，他又增添了“工律”一项，《十八家诗钞》出现了27次“工律”的评点[③]。从曾国藩的日记及其选本点评中可见，工律主要是他对诗歌表达艺术方面的追求，具体来说是诗人对于用字、语法、篇法和诗词韵律等的追求。在此基础上，最终形成了他自身的品评诗歌的诗学理论范畴。

曾国藩《十八家诗钞》中共有十七篇五言古诗用“工律”标注，而谢朓就有九篇。南北朝时期的潘岳、谢灵运等都十分注重于语言的形式，还通过自身的灵感创造出了很多声韵调和、对仗工整的诗歌名篇。如谢灵运的《石壁精舍还湖中作》《拟魏太子邺中集诗八首》等，曾国藩认为都相当精工。

曾国藩对杜诗的诗歌句法十分推重，例如在阅读杜诗五古时，曾国藩就产生了“爱其句法瘦劲，变化通于古人造句之法”[④]的慨叹，另外还有“古人妙处只是造句之法变幻无穷，故终身无

---

① [清]曾国藩：《求阙斋日记类钞》，王启原辑，申报馆丛书本。
② [清]曾国藩：《求阙斋日记类钞》，王启原辑，申报馆丛书本。
③ [清]曾国藩辑：《十八家诗钞》，清同治十三年（1874年）刻本。
④ [清]曾国藩：《求阙斋日记类钞》，王启原辑，申报馆丛书本。

一复句"[①]。这表明了他在诗歌句法层面上对于杜甫的认可。

诗文的工律除讲究用字和句法等构成形态的精巧外，还应包含句法韵调的平衡。《续修四库全书总目提要·集部》论及《十八家诗钞》，指出"此书选编原为利于家塾背诵，故所选皆宗于正，实为传诵之善本"[②]。其实，曾国藩对诗作的音调一向都相当考究。在编选《十八家诗钞》过程中，曾把声调视为考核诗文的一个关键因素："所选钞五古九家、七古六家，音调皆极铿锵。"[③]

另外，曾国藩本人也非常热爱诗歌的吟唱诵读，主张通过以声求气，从而在诗歌的情感世界以及自己的精神世界达到满足，觉得吟唱诵读既是理解他人诗歌意象与情感的主要方法，又是体认、表达自身情感并带来精神快感的主要手段。从重在体察诗歌创作风格的"气势""情韵""识度"到对作品创作核心境界加以观照的"机趣"，最后到以"工律"来构筑作者和欣赏者相互之间的纽带，构成了具有多层次且相对全面的诗歌批评维度。

综上，《十八家诗钞》的编辑成书并不是一蹴而就的。它的成书与曾国藩的诗歌创作经历与诗文阅读必然是相辅相成的。在诗文创作上，曾氏首先推重"义理"，他对"义理"的推重可以看出曾氏早期重经世致用的诗文主张。曾国藩的《十八家诗钞》一

① [清]王定安：《求阙斋弟子记》，清光绪二年(1876年)刻本。

② 续修四库全书总目提要编纂委员会编：《续修四库全书总目提要·集部》，上海古籍出版社，2014，第323页。

③ [清]曾国藩：《曾文正公家训》，申报馆丛书本。

面采用传统选本方式寄寓诗文思想，一面又为引导诸弟、子侄的创作奠定了具体的取法范围与典型范例。曾国藩又以传统诗歌的诗体进行分类，选录中国诗歌历史上各个时期有代表性的经典作品，建立起了层次分明、流变生动清晰的选本序目。

《十八家诗钞》在编选过程中对于体裁以及作者并不进行生硬的要求，对于诗学的选取具有一定的辨识力。这本选本的选录也一定程度上体现了曾国藩本人的诗学眼光，他的分体辑录方式便于往后学者对于诗歌的欣赏，也为后人的诗歌写作提供了较为明确的门径。由于曾氏公务繁忙，《十八家诗钞》的诗歌评论观点未能贯彻始终，不过根据曾国藩日记、家书等文献记录，也可见曾氏诗歌评论观点。他尊重当时诗歌创作的主流，关注现实的选录，尊重诗歌发展的历史，所以《十八家诗钞》在一定程度上推进了十八家诗歌的经典化历程。

第三节　魏源《诗比兴笺》与近代转型

魏源是清代著名思想家、文学家、史学家，也是晚清经世致用思潮的代表人物之一。魏源生活在晚清的社会大转型时期，当时的思想以及学术都受到了一定的冲击，皆有变革、转型的态势。社会问题逐渐复杂化的同时，在研究领域上，空虚迂腐的政治色彩也日益凸显，时代在呼唤一个全新的研究模式。《诗比兴笺》是魏源对《诗经》进行研究和注解的一部著作，体现了他对

《诗经》中"比兴"手法的深刻理解和独特见解。

尽管《诗比兴笺》这个选本的刊刻人署名为陈沆，古代诗学研究者并未关注此书的作者问题，但据众多近代诗学专家的研究，它其实是魏源之作。《魏源著〈诗比兴笺〉补证》这篇文章讨论了《诗比兴笺》的作者问题。文章从四个方面补证了该书作者为魏源。《诗比兴笺》与现存陈沆的著作缺少关联，而与魏源大量著作形式以及思想内容存在明显的一致性，魏源将此书"著作权"转让给陈沆的行为实与古代"托名"现象的文化传统有关。[①]明确此书为魏源所作对于推进清代诗学研究有重要意义。

"比兴"是中国古代文学批评术语，源自《诗经》的创作风格和表现手法。其中"比"是指比喻，通过物象间的相似性进行间接表达；"兴"则是触景生情，借助事物引发联想，表达作者的情感或意愿。魏源的《诗比兴笺》用笺释《诗经》的方法，笺汉魏唐之诗，共收录了二十余位诗人的诗歌。魏源在《诗比兴笺》咸丰五年刻本的序言中写道："《诗比兴笺》何为而作也？蕲水陈太初修撰以笺古诗三百篇之法，笺汉魏之诗，使读者知比兴之所起，即知志之所之也。"[②]《诗比兴笺》诗选和诗论并存，是一本带有诗论属性、政治特点突出的诗稿作品。

一、比兴观念

魏源认为赋、比二者有很大的区别。他认为，赋有一种直言

① 吴怀东、马玉：《魏源著〈诗比兴笺〉补证》，《淮南师范学院学报》2013年第1期。

② [清]魏源：《古微堂集》，清宣统元年(1909年)排印本。

的意味，比则是进行托喻。他的这种观点与传统诗论的看法有所相似，即赋是“体物”“铺陈”，比是“比喻”的观点。对于“比”，《诗比兴笺》的论述还有：“龙、鹤一比也，嵇康、孔明二比也，松干、霜雪三比也。错综苍莽……而通章不赘一词，汉人咏史遗则。”两句指明“比”的使用可产生“错综苍莽”和“通章不赘一词”的效果，其意义表达可谓极尽隐曲之能事。

《诗比兴笺》中“兴”指的是所选用的物象与诗意或多或少有一定的联系，且具备起头的特性，例如要表现生命的柔弱、短暂，在诗篇中便可选用代表坚毅、持续的松柏和山石物象来起头，并且，“兴”所选用的事物也具备多义性，如啄木鸟既可指小人也可指廉洁高尚之士。

综上可知，《诗比兴笺》中所论的赋、比、兴和比兴都是诗词表现方法。赋指和盘托出；比指托喻，能够起到对诗意隐曲的作用；兴为发端，物象的选择与诗意抒发有着必然的关系；比兴具有“错杂无端”和“显然条贯”二种状态。比兴的运用一方面既可以表现诗人忧思之类的情感，另一方面又可以把诗意用作隐曲的讽谏。魏源以为若治国则诗词之赋大于兴，兴大于比；若乱世枭雄则比大于兴，兴大于赋。而问题就是“世愈乱，情愈郁，则词愈幽”[①]，因而具有较高隐性的“比”体也就应运而生，“于是微词之对，隐语之谏，与骚赋之比，始并盛于时”[②]，“是比体创于诗，而

① ［清］魏源：《诗古微》，皇清经解续编本。

② ［清］魏源：《诗古微》，皇清经解续编本。

大邕于骚人"[①]。至于以"比""兴"合训，是因为二者连用即有"讽谏"的作用。他对"比兴"的讽谏作用进行了特别的强调，在赋比兴之上又适当地与社会现实产生联系。这体现出魏源将其诗学与今文经学进行了密切的联系，以求达到经世致用的目的。

二、《诗比兴笺》与近代转型

虽然《诗比兴笺》运用了中国传统诗歌的"比兴"概念和"以史证诗"的研究方法，但是由于近代中国正处在一个文学环境非常复杂的时代，又因为时间与诗人身份上的因素规约，导致了当时的诗歌作品既具有中国传统诗歌在近代发展阶段所独有的历史特点，又具有从中国文论演变到近代阶段缘于自身历史和迫于世变而来的近代性特征。这种特征主要体现为对"用"的关注、对诗"美"的追求、对"情"的崇仰。

（一）对"用"的强调

"用"指的是近代经世致用的思想，源自明清之际的社会变革与思想启蒙运动，是对传统儒家学术服务于现实社会的一种强调和倡导。这一思想主张学问要与实际相结合，提倡实用之学，主张学者应该关注社会现实问题，解决国家治理和社会民生的实际困难，而非空谈理论或皓首穷经。经世致用思想在漫长的历史长河中不断取其精华，去其糟粕，在文艺观上形成了"文

① ［清］魏源：《诗古微》，皇清经解续编本。

学救国论”，在某种程度上决定了我国文艺在近代变革时期的发展趋向，影响深远。

《诗比兴笺》中对“用”的阐释主要有二：一为“以诗复礼”，二为“以诗为谏”。这是一种诗文功用论，它和中国古代诗歌的言志、载道论有相通之处，是魏源立足现实变革对传统文化的重要借鉴。另一方面反映出诗可以成为畅通言路工具的观念，这也是对魏源诗文功用论在制度层面上的反思，也由此可以窥见中国近代文学理论逐渐走向“文学救国论”阶段的端倪。

魏源在《诗比兴笺》序中对何者为“诗”做了解答，他认为“天地间形形色色，莫非诗也”[①]，把“诗”的范围进行了扩大，延伸到上下天地万物以及众生百态。“诗”的范围的扩展也导致其诗歌所产生的功用具有了一定程度上的扩展，这也为“诗同礼乐”理论的产生奠定了基础。按照魏源的观点来看，诗教是本心对世间万物的悉心洞察，是“无声之乐，无体之礼，无服之丧”，是文字、性格和政治思想的极度融合。但魏源笺诗的创作目的，实际是为了实现对中国礼乐传统文化的发扬与诗教的复归。他希望通过复归诗教、延续中国传统礼乐来完善思想政治学体系并进行中国社会变革的构想，则恰恰深刻地反映了他经世致用的思想宗旨，以及他为我国政治学体系提供服务的思想精神。

（二）对“美”的追求

对文学作品进行了审美精神的批判与知识性的探索，这是

① ［清］魏源：《古微堂集》，清宣统元年（1909年）排印本。

中国近现代文艺理论区别于以往文章的主要特征之一。中国的古代文论中，始终存在着一种形式主义倾向或者美感取向的文艺观点，包括东汉大赋对“丽”的要求、六朝文章家对文学作品形式美的强调。这些执着于审美精神的文化观点发展到近代，在与西洋美感语言产生撞击后，形成了“超功利”的文艺观点[①]，由此对文学审美性的确认成为无可抵挡的趋势。比较来看，《诗比兴笺》并没有纯粹的文艺观点的意识，它对“诗教”的再三存问，使它仍难以摆脱传统中国古代文论功用观的窠臼，但这并不意味着魏源忽视了对诗歌审美性的追求。因此，可以说《诗比兴笺》并不算一本唯功用载道是论的诗歌理论著作，魏源同样强调了诗歌的美学价值。《诗比兴笺》所表现的“美”之于“用”的存在和突显，是传统文论逐步挣脱经学语言这一藩篱的明显表现，这一观念随着时间的推移，终将迈向“超功利”的纯文学研究。由此可见《诗比兴笺》中的一些诗学观点也具有了古典与现代诗学论趋于近代性的特点。

这部选本在美学方面明显表现出了对含蓄蕴藉这一审美层次的偏爱，即倡导蕴蓄之美，而这也正是魏源在选本编录时所采取的重要原则。这一审美偏好可在魏源笺注诗歌时体现出来。例如在注释杜甫的《遣兴四首》时，以为《漆以用而割》《猛虎凭其威》和《朝逢富家葬》均乏蕴蓄，所以“不录”。在笺注李白组诗

---

① 黄霖：《中国文学批评通史・近代卷》，上海古籍出版社，1996，第9页。

时，删去了《秦王扫六合》的首末十句，并以为此“似较蕴藉”[①]。

在“比兴”手法的运用中，蕴蓄也是值得注意的审美要点。魏源选用“比兴”，也是看重“比兴”观念中蕴藏丰富的美学艺术功能。魏源在评阮籍《咏怀诗》时说：“特寄托至深……比兴则声情依永，言之若不伦；奥诘则索解隐微，闻之者无罪。”[②]在魏源看来，“比兴”的应用可使寄托甚深的《咏怀诗》“声情依永”，深具蕴蓄缠绵之美。反之，同样含有真挚深切的情感，但若缺失“比兴”的应用，就会丧失诗之美。如其论《苏武李陵诗笺》时以为苏武、李陵之别与文姬母子相离一样是天地至哀之情，但由于文姬《悲愤诗》多用叙事手段，未用“比兴”，从而“以其浅露径尽，与苏、李相反也”[③]。在艺术成就上就逊色于苏李了。

（三）对“情”的崇仰

嘉庆和道光两朝正处于清朝由盛转衰的关键时期，随着清朝国力的逐渐衰微，文人士大夫的心态发生了变化，从先前的盛世颂歌转为对社会现实的忧虑与批判。在诗学范畴，对中国诗人主体悲愤哀怨的主要情感基调进行阐述，突出“发愤以抒怀”，成为当时“诗以致用”的又一种旋律。《诗比兴笺》体现了作者对“情”的崇仰，也反映了他对我国古代诗歌的悲愤哀怨之情的深刻认识。

---

① ［清］魏源：《老子本义·净土回经·诗比兴笺》，岳麓书社，2011，第 366 页。
② ［清］魏源：《老子本义·净土回经·诗比兴笺》，岳麓书社，2011，第 286 页。
③ ［清］魏源：《魏源全集》第 20 册，岳麓书社，2004，第 450 页。

魏源对古代诗歌主题之中"情"的推崇与嘉道之际士人诗论对情的追求有着不可言说的一种默契,使得"发愤以抒情"这一中国古代诗歌的理论产生了全新的现代含义。对诗歌主体之"情"的推崇和赞美,体现了艺术家写作态度和自我认同的转变,这就是古典诗学近代化特点之中创造自由论的基础。

《诗比兴笺》继承了前辈思想,主张作品要表现作者的"悲愤哀怨"之情,这充分说明了魏源对主体情绪的关注,在此基础上,他还提出情感的一往之深,选本中多次以"泉潭之深"形容作者心情郁闷,心中难以解开缠结之深。如评《江淹诗笺·清思诗》中的"泉咽则径幽,呻促知情苦。宁有钟期之音,故为太玄之奥乎?",再如评论《阮籍诗笺》时的"固知泉从中涌,惟恃渊沉,沟自外侵,立形盈涸"。他还指出某些作者的诗作找不到知音的原因,即自身的情感于诗中埋藏得过深,在诗意表面之下还隐藏着一层更深的含义,就有如深泉渊潭一般。魏源论诗写作主要有厚、真、重这三个主要方面,在三个方面中,他都强调情感要深并且所抒发的情感要真实,而其中之一的"真",也就是要求触景生情,强调此情此景使得情动于心,使得自身之情迫不及待地想要坦然表达。

由魏源对主体之情的关注,进而又可以充分了解魏源在其另一本诗文创作《诗古微》中突破《诗经》的"美刺"思想传统时,对"情"的多重构造做出的阐述。魏源在对"美刺"说的质疑中有所感悟。他感觉到诗人本身之要义恰恰是被隐藏了的,他提倡触碰诗人主体心灵的要义挖掘,即对"作诗者之义"的挖掘。另外"作诗者自道其情"中的"情"已不是纯粹带有政治意义的，而是对士人郁积情绪的一种悲愤之情。

由此可见，魏源在《诗比兴笺》这部诗学著作中集中地表达了自己的诗学思想，其诗学思想呈现为对"比兴"这一集审美特征与政治功用、手段与目的、美与善的统一体的重视，以及对"古诗"这兼具朴素与优雅的理想诗歌范式的推崇。

第四节　王闿运《八代诗选》与汉魏六朝诗派复古思潮

清代属于古典诗歌发展的总结时期，从整个中国古代诗歌发展历史来看，这一时期，诗坛趋于多元化。此时的清王朝正处于风雨飘摇之中，中国跨入近代史历程，西方思想也逐渐渗入中国大门，与此同时，中国古典诗歌也开始走向终结。此时中国诗歌发展的新道路也有将目光投向西方，甚至回归唐宋，而王闿运则力主尊汉魏六朝。为了宣扬其自身的诗学主张，王闿运编选了《八代诗选》，该诗选收录了3000多首诗歌。《八代诗选》的编纂，既是王闿运个人文学观念和诗学主张的体现，也是晚清社会动荡、学术风气转变以及文学复古运动的具体产物，具有鲜明的时代特征。

一、编选动机

王闿运编纂《八代诗选》的动机，可以从以下几个方面进行分析：

文学复古与创新的追求。王闿运是晚清汉魏六朝诗派的代表人物，他崇尚汉魏六朝诗的质朴、自然与深沉之美，认为这一时期的诗歌达到了情感真实、意境深远的艺术高度。《八代诗选》的编纂，是他倡导文学复古、弘扬汉魏六朝诗风的具体实践，旨在恢复并提振当时萎靡不振的诗坛风气。

教育与人才培养的需求。王闿运一生辗转多地执教，他深知教育对于文学传承的重要性。通过编纂《八代诗选》，他希望能为学生提供一份具有学术价值和审美启示的教材，以供学子研习古代诗歌，进而提升他们的文学素养和创作能力。

学术研究与文化传承。王闿运在学术上博采众长，对古代文学有深厚的研究功底。《八代诗选》的编纂，是他对两汉至隋代八个朝代诗歌进行全面梳理和研究的结果，体现了他对古代文化遗产的珍视与传承，同时也为进一步研究古代文学奠定了坚实的基础。

回应时代挑战与反思。清末社会动荡，面对内忧外患的局势，王闿运通过编纂《八代诗选》呼唤文学回归本质，强调诗歌的社会责任和教化功能，希望能够通过重温古人的诗篇，启迪时人深思国家命运与社会责任，从而推动文学与社会现实更好地结合。

综上所述，王闿运编纂《八代诗选》的动机在于倡导文学复古、促进教育与培养人才、深入学术研究以及呼应时代挑战，旨在通过发掘和传承古代诗歌的优秀传统，推动晚清文坛乃至社会文化的新发展。

二、王闿运和汉魏六朝诗派的诗歌复古观念

晚清是一个中国社会发生深刻变革的历史时期，当时学术界盛行经世致用的思潮，文人学者努力摆脱乾嘉学派纯粹的考据之风，转向关注现实，希望通过学术研究和教育改革挽救国家危局。王闿运也不例外，他主张诗文应注重情感表达和现实关怀。清代晚期的文学主张回归汉魏六朝，强调诗风的质朴与情感的真实。王闿运作为晚清汉魏六朝诗派的代表人物，为扩展其深远影响并巩固该派的诗歌地位，需要一个文化载体来宣传其诗歌主张。他在编纂《八代诗选》时，选择了从两汉至隋八个朝代的诗歌，就是为了恢复和弘扬这一时期的诗歌精神，倡导以古为镜，反思和矫正当时诗坛的颓靡之风。

王闿运与他的诗派都走“复古”的革新之道，他的诗歌思想中具有古优于今的思想。强调诗歌应该回归到那种质朴、自然、情真意切的状态，如同汉魏六朝诗歌那样，不矫揉造作，不刻意雕琢，注重诗歌的内在感情表达和艺术效果。王闿运的复古诗学思想是晚清时期中国文学复古思潮中的一种典型表现，其诗学理论的核心在于“复古”，他主张回归古代诗歌的审美理想和创作规范，特别推崇汉魏六朝的诗歌风格，认为这一时期的诗歌具有情感真切、形式自由、语言优美等特点，是诗歌创作的理想典范。

在框定的诗歌复古的结构之下，王闿运与汉魏六朝诗派也具有了独尊汉魏文学的新复古意义。王闿运在论诗上主张“作诗必先学五言，五言必读汉诗”[①]。又认为在汉人诗数量和题目形式较少的前提下，产生的不可揣摩之处，必须学习魏晋之诗法。这也就是他以五言为学诗中心，以汉魏六朝为师法范围的基本观点。

三、《八代诗选》与汉魏六朝诗派复古主张

王闿运与汉魏六朝诗派共同倡导的思想统帅是“复古”与“学古”，即复汉魏六朝之古，学汉魏六朝之古。他尊崇汉魏六朝诗歌的源头为正宗，在对汉魏六朝诗歌古典风格的观察下，展开写作和理论研究工作。他对汉魏六朝诗歌特点的深刻掌握，也成为他后来提出自己的新诗歌论的出发点。

（一）追求诗歌文辞之风雅清丽

王闿运对汉魏六朝诗歌的推崇还体现在文辞之上。王闿运在批评唐诗时称：“唐人好变，以骚为雅，直指时事。”他批评唐人作诗喜好变化，与汉魏古道相偏离，并且在诗歌的一些内容题材上对时事有所干涉，如此一来不仅仅是背离了风雅之道，也偏离了诗歌“缘情”的本质。他倡导汉魏六朝诗的高雅清丽，赞同陆机“诗缘情而靡丽”的观点，在作诗论诗上崇尚华美，《湘绮楼说诗》卷七云：“余少为诗词，好作绮语。”他在《澹香阁诗序》中感叹

---

① [清]王闿运：《湘绮楼说诗》，岳麓书社，1996，第 2273 页。

道:“方今时事更衰,风雅浸息……邈不可得。”

他在选诗上也注重诗风之高雅。他首先注重作品主题和内容上的“雅”和“清”,如《八代诗选》选了束皙的《补亡诗》六首,这六首诗主要遵循孝道进行写作,反映了儒家尊崇孝道伦理的思想,极为典雅。至于有违风雅的诗作,他是很不喜欢的,如鲍照的《梦还乡诗》,中有“开奁夺香苏,探袖解缨徽”语,王氏批云:“‘探袖’句近亵。”他对诗文邪正俗雅的辨析近乎细致入微。

(二)推崇逸气高华的诗境

王闿运尤其看重逸气高华的诗境,汉魏诗人中,他选录“三曹”、“建安七子”、阮籍等人的诗最多,因为这些诗人诗风多高雅绮丽。“高华”出自明胡应麟《诗薮·古体上》:“建安诸子,雄赡高华。”[①]“高华”与“高雅绮丽”都是指诗歌典雅清丽的风格,他们的意思极为相近,却又有所不同。

曹操的《苦寒行》,曹丕的《杂诗》以及曹植的《公宴诗》《高台多悲风》等诗,王闿运在选本批注中都以“高华”许之。《八代诗选》收录了陶渊明、谢灵运、颜延之、鲍照、谢朓等人的大量山水诗,其中选录最多的是谢灵运的诗,共66首,其中山水诗占了半数。王闿运认为谢灵运诗具有文情俱美的“高华”风貌,有超越一般山水诗的境界。例如他评点谢灵运的《九日从宋公戏马台集送孔令》:“高华,文情具美,局度超然。”王闿运在其诗文集中对谢灵运诗这种“超绝”作了具体解释,其云:“一丘一壑,则有画

---

① ［明］胡应麟:《诗薮》,明万历三十七年(1609年)刻本。

工写景之法……‘虚舟’一句，所谓纳须弥于芥子。而所以有力者，乃在‘海月’二句，以景运情，即所谓点景也。诗涉情韵议论，空妙超远，究有神而无色，必得藻采发之，乃有鲜新之光。故专学陶、阮诗，必至枯淡。”①

（三）重视借景抒情

王闿运非常重视诗歌利用情景关系抒情。在《八代诗选》的眉批中，他对阮籍《咏怀诗》第一首《夜中不能寐》极为赞赏，还将它与《邺》相比较，认为阮诗和《邺》一样是直接抒怀，诗歌起手就为全组诗奠定了感情基调。他批第四十四首《俦物终始殊》云：“羡憔悴之有常，盖乱世以得死为幸。”又评第四十九首《步游三衢旁》云：“彷徨无端，低回欲绝。”他对阮籍的《咏怀诗》中种种反复咏叹、兴寄无端的情感，都予以了细致的辨析和阐发，极力赞扬诗中“情语”产生的“令人欲笑欲哭”效果，说它们“能道破眼前景”。在曹植《赠白马王彪》的眉批中则对情感的表达作了细致的点评，他认为诗人情感真挚、抒情方式多种多样。对于两晋诗人，《八代诗选》录陶诗最多，于陶诗，王闿运的批注与历代学者重视其平淡的风气不同，王氏更多地注重陶渊明内心真实情感的阐发，如评《饮酒诗二十首》说：“此二十首，具见陶公峥嵘壮气。后人专以陶为冲凝，失之远矣。”又评陶渊明《与殷晋安别》道：“陶令与人交，皆有一种真挚之意，非真人不能隐，非情挚不能高。”

① ［清］王闿运：《湘绮楼诗文集》，岳麓书社，1996，第542页。

总　结

在诗派众多的晚清诗坛，湖湘诗派能成为中流砥柱，与《八代诗选》的广泛传播有一定的关系。《八代诗选》的传播给晚清诗坛带来了新的希望，一扫宗唐宗宋之风，提倡学习汉魏六朝诗歌。王闿运作为汉魏六朝诗派的领军人物，他推崇诗歌尊崇汉魏六朝的主张，提倡以熔铸古人之诗为我之用的方式抒发内心真实的情感等，推动了湖湘诗派的发展，他还成功编选了体现其诗学观点的诗歌选本，影响了当时无数诗人。

当我国古代诗歌式微之时，湖湘诗派回溯中古，效法魏晋，力求打破传统格律禁锢，崇尚艺术美，极力出新，并在思想上、文艺上也获得了一些进步，不失为一种积极探索。因此，汉魏六朝诗派作为古典诗歌的终结，尚有光耀之处。但该派诗人在政治上较保守，艺术上的复古倾向较明显，与近代文学平民化、通俗化的发展方向相违背，故终为历史前进的脚步所抛却。

汉魏六朝是文化自觉的时代，文学的基本规律在此时单纯而又逐渐明确，王闿运和汉魏六朝诗派都以此时期切入，将汉魏六朝时作品作为教学、宗法对象，自然能更轻松地掌握诗学的基本规律，因而也有了更为深入的揭示。尽管王闿运诗歌理论有落后的方面，但是其所揭示出的诗歌的普遍规律，在今天依然具有积极的意义。

主要参考文献

按：本参考文献除了文渊阁《四库全书》影印本，《钦定四库全书总目》（整理本，清纪昀等纂，中华书局，1997年版），《续修四库全书》（顾廷龙、傅璇琮主编，上海古籍出版社，1996年版），《四库全书存目丛书》（齐鲁书社，1997年版），《四库全书存目丛书补编》（齐鲁书社，1997年版），《四库未收书辑刊》（北京出版社，2001年版）这些基础书目之外，余者分中国古代典籍、中国近人著述和海外文献三大类。其中中国近人著述下分专著和论文两类，论文类再分报刊论文和学位论文二子目。另中国古代典籍均于编著者前加括号标明朝代，海外文献均于编著者前加括号标明国籍。

一、古代典籍

1. [三国·魏]嵇康；戴明扬校注. 嵇康集校注[M]. 北京：中华书局，2014.

2. [西汉]司马迁撰；[南朝宋]裴骃集解；[唐]司马贞索隐；

张守节正义.史记[M].清乾隆四年刻本.

3.[晋]陈寿撰;[南朝宋]裴松之注;陈乃乾校点.三国志[M].北京:中华书局,1982.

4.[晋]刘昫等撰.旧唐书[M].北京:中华书局,1975.

5.[梁]刘协;黄叔琳注;李详补注,杨明照校注拾遗.增订文心雕龙校注[M].北京:中华书局,2012.

6.[唐]韩愈;刘真伦校注.韩愈文集汇校笺注[M].北京:中华书局,2010.

7.[唐]韩愈撰;[宋]魏仲举集注;郝润华、王东峰整理.五百家注韩昌黎集[M].北京:中华书局,2019.

8.[唐]司空图,罗仲 鼎,蔡乃中译注.二十四诗品[M].杭州:浙江古籍出版社,2023.

9.[唐]李林甫等撰;陈仲夫点校.唐六典[M].北京:中华书局,1992.

10.[唐]柳宗元撰;尹占华,韩文奇校注.柳宗元集[M].北京:中华书局,1979.

11.[唐]魏徵等撰.隋书[M].北京:中华书局,1973.

12.[唐]元稹撰;冀勤点校.元稹集[M].北京:中华书局,2010.

13.[唐]张说著;熊飞校注.张说集校注[M].北京:中华书局,2013.

14.[宋]司马光编著;[明]胡三省音注;标点资治通鉴小组点校.资治通鉴[M].中华书局,1956.

15. [宋]蔡绦撰;冯惠民,沈锡麟点校. 铁围山丛谈[M]. 北京:中华书局,1983.

16. [宋]曾巩撰;陈杏珍,晁继周点校. 曾巩集[M]. 北京:中华书局,1984.

17. [宋]陈元靓撰;许逸民点校. 岁时广记[M]. 北京:中华书局,2020.

18. [宋]杜绾;王云等整理校点. 云林石谱[M]. 上海书店出版社,2015.

19. [宋]范仲淹撰;李勇先等点校. 范仲淹全集[M]. 北京:中华书局,2020.

20. [宋]洪迈撰;孔凡礼点校. 容斋随笔[M]. 北京:中华书局,2005.

21. [宋]黄庭坚;刘琳等点校. 黄庭坚全集[M]. 北京:中华书局,2021.

22. [宋]黄庭坚撰;[宋]任渊,[宋]史容,[宋]史季温注;刘尚荣点校. 黄庭坚诗集注[M]. 北京:中华书局,2003.

23. [宋]黎靖德编;王星贤点校. 朱子语类[M]. 北京:中华书局,1986.

24. [宋]李焘撰;上海师范大学古籍整理研究所,华东师范大学古籍整理研究所点校. 续资治通鉴长编[M]. 北京:中华书局,2004.

25. [宋]李心传撰;徐规点校. 建炎以来朝野杂记[M]. 北京:中华书局:1692.

26.[宋]刘克庄;辛更儒笺校.刘克庄集笺校[M].北京:中华书局,2011.

27.[宋]罗大经撰;王瑞来点校:鹤林玉露[M].北京:中华书局,1983.

28.[宋]欧阳修,[宋]宋祁撰.新唐书[M].中华书局,1975.

29.[宋]欧阳修;李逸安点校.欧阳修全集[M].北京:中华书局,2001.

30.[宋]司马光;李之亮笺注.司马温公集编年笺注[M].成都:巴蜀书社,2009.

31.[宋]司马光撰;邓广铭,张希清点校.涑水记闻[M].北京:中华书局,1989.

32.[宋]苏轼;李之亮笺注.苏轼文集编年笺注[M].成都:巴蜀书社,2011.

33.[宋]苏轼撰;[明]茅维编;孔凡礼点校.苏轼文集[M].北京:中华书局,1986.

34.[宋]苏轼撰;[清]王文诰辑注;孔凡礼点校.苏轼诗集[M].北京:中华书局,2648.

35.[宋]苏辙;陈宏天,高秀芳点校.苏辙集[M].北京:中华书局,1990.

36.[宋]王安石撰;刘成国点校.王安石文集[M].北京:中华书局,2021.

37.[宋]严羽;郭绍虞校释.沧浪诗话校释[M].北京:人民文学出版社,1962.

38.[元]刘勰;范文澜注.文心雕龙注[M].北京:人民文学出版社,1958.

39.[元]马端临撰;上海师范大学古籍研究所,华东师范大学古籍研究所点校.文献通考[M].北京:中华书局,2011.

40.[元]脱脱等撰;中华书局编辑部点校.宋史[M].北京:中华书局,1985.

41.[元]辛文房撰;周绍良笺证.唐才子传笺证[M].中华书局,2010.

42.[明]吴讷著;于北山校点.文章辩体序说[M].北京:人民文学出版社,1962.

43.[明]方以智;诸伟奇,纪健生,阮东升整理.通雅[M].合肥:黄山书社,2019.

44.[明]高棅编纂;汪宗尼校订;葛景春,胡永杰点校.唐诗品汇[M].北京:中华书局,2015.

45.[明]李濂撰;周宝珠,程民生点校.汴京遗迹志[M].北京:中华书局,1999.

46.[明]王志坚选编;于景祥校点.四六法海[M].沈阳:辽海出版社,2010.

47.[明]徐师曾.文体明辨[M].北京:人民文学出版社,1998.

48.[明]张溥著;殷孟伦注.汉魏六朝百三家集题辞注[M].北京:中华书局,2007.

49.[明]臧晋叔编.元曲选[M].北京:中华书局,1958.

50.[清]阿克当阿修,[清]姚文田等纂;刘建臻点校.重修扬州府志[M].扬州:广陵书社,2014.

51.[清]曾国藩撰;[清]王启原辑.求阙斋日记类钞[M].申报馆丛书本.

52.[清]曾国藩辑.十八家诗钞[M].清同治十三年刻本.

53.[清]曾国藩撰.曾文正公家训[M].申报馆丛书本.

54.[清]王定安撰.求阙斋弟子记[M].清光绪二年刻本.

55.[清]曾国藩撰.曾国藩全集:日记[M].长沙:岳麓书社,1987.

56.[清]毕沅撰;"标点续资治通鉴小组"校点.续资治通鉴[M].北京:中华书局,1957.

57.[清]曾国藩编;熊宪光,蓝锡麟等注.经史百家杂钞今注[M].上海:上海古籍出版社,2008.

58.[清]曾国藩编纂;佘础基整理.经史百家杂钞[M].北京:中华书局,2018.

59.[清]丁丙著;曹海花点校.善本书室藏书志[M].杭州:浙江古籍出版社,2016.

60.[清]方东树著;汪绍楹校点.昭昧詹言[M].北京:人民文学出版杜,1961.

61.[清]董诰等编.全唐文[M].北京:中华书局,1983.

62.[清]余萧客;曹守平,曹炜点校.文选音义[M].2023.

63.[清]焦循撰;沈文倬点校.孟子正义[M].北京:中华书局,1987.

64.[清]康有为;楼宇烈整理.论语注[M].北京:中华书局,1984.

65.[清]刘沅;谭继和,祁和晖笺解.十三经恒解[M].成都:巴蜀书社,2016.

66.[清]钱大昕;陈文和,孙显军校点.十驾斋养新录[M].凤凰出版社,2016.

67.[清]阮元校刻.十三经注疏[M].北京:中华书局,2009.

68.[清]沈德潜选;闻旭初标点.古诗源[M].北京:中华书局,2017.

69.[清]沈德潜等编.清诗别裁集[M].上海:上海古籍出版社,2013.

70.[清]沈德潜选注.唐诗别裁集[M].上海:上海古籍出版社,2013.

71.[清]沈德潜;潘务正,李言编辑点校.沈德潜诗文集[M].北京:人民文学出版社,2011.

72.[清]徐松撰;孟二冬补正.登科记考补正[M].北京:中华书局,2019.

73.[清]张澍;徐兴海等校点.古今姓氏书目考证[M].西安:三秦出版社,2003.

74.[清]赵尔巽等撰.清史稿[M].北京:中华书局,1977.

75.[清]赵绍祖;赵敏校点.通鉴注商[M].合肥:黄山书社,2016.

76.[清]严羽著;郭绍虞校释.沧浪诗话校释[M].北京:人

民文学出版社,1983.

77.[清]叶德辉撰.书林清话[M].上海:上海古籍出版社,2012.

78.[清]王夫之等撰;丁福保辑.清诗话[M].上海:上海古籍出版社,2015.

79.[清]王夫之著;李中华,李利民校点.古诗评选[M].上海:上海古籍出版社,2011.

80.[清]张玉书等编.康熙字典[M].北京:汉语大词典出版社,2002.

81.[清]陈祚明评选;李金松点校.采菽堂古诗选[M].上海:上海古籍出版社,2008.

82.[清]王士禛撰;张世林点校.分甘余话[M].北京:中华书局,1997.

83.[清]王士祯编.唐人万首绝句选[M].北京:华夏出版社,2001.

84.[清]王士祯撰;靳斯仁点校.池北偶谈[M].北京:中华书局,1982.

85.[清]王士祯撰;孙言诚点校.王士祯年谱[M].北京:中华书局,1992.

86.[清]王士禛;张宗柟纂集;戴鸿森校点.带经堂诗话[M].北京:人民文学出版社.1982.

87.[清]张玉榖;许逸民点校.古诗赏析[M].上海:上海古籍出版社,2000.

88.[清]金圣叹;钟来因整理.杜诗解[M].上海:上海古籍出版社,1984.

89.[清]金圣叹;陆林辑校整理.金圣叹全集[M].南京:凤凰出版社,2016.

90.[清]金圣叹选批.金圣叹选批唐诗六百首[M].北京:北京联合出版公司,2018.

91.[清]李光地;陈祖武点校.榕村全书[M].福州:福建人民出版社,2017.

92.[清]王闿运著;马积高主编.湘绮楼诗文集[M].长沙:岳麓书社,2008.

93.[清]曾国藩编纂.十八家诗钞[M].石家庄:河北人民出版社,1996.

94.[清]曾国藩纂.十八家诗钞[M].长沙:岳麓书社,2018.

95.[清]曾国藩;陈书良校点.曾国藩读书录[M].长沙:岳麓书社,2017.

96.[清]曾国藩;李鸿章校勘.曾国藩家书[M].南昌:江西人民出版社,2016.

97.[清]曾国藩.曾文正公诗文集[M].北京:朝华出版社,2018.

98.[清]黎庶昌.曾国藩年谱[M].长沙:岳麓书社,2017.

99.[清]陈沆撰.诗比兴笺[M].上海:上海古籍出版社,1981.

100.[清]赵翼;王树民校证.廿二史札记校证[M].北京:中

华书局,1984.

101.[清]王士祯选;闻人倓笺.古诗笺[M],上海:上海古籍出版社,2010.

102.[清]吴汝纶;朱秀梅校点.吴汝纶文集[M].上海:上海古籍出版社,2017.

103.[清]吴闿生;蒋天枢,章培恒校点.诗义会通[M].北京:世界图书出版公司,2012.

104.[清]胡凤丹编.六朝四家全集[M].北京:中国书店出版社,2012.

105.[清]胡凤丹辑;许逸民校点.六朝四家全集[M].沈阳:辽宁教育出版社,2000.

106.[清]胡凤丹辑;徐明,文青校点.唐四家诗集[M].沈阳:辽宁教育出版社,2000.

107.[清]吴闿生辑.吴门弟子集[M].北京:中国书店出版社,2009.

108.[清]周贞亮.汉魏六朝诗三百首[M].北京:中国书店,2015.

109.[清]卓尔堪编;萧和陶点校.遗民诗[M].上海:华东师范大学出版社,2013.

110.[清)杜文澜辑;周绍良校点.古谣谚[M].北京:中华书局,1964.

111.[清]顾大申撰;刘凤娇点校.顾大申自订年谱手稿[M].北京:国家图书馆,2016.

112.［清］邓汉仪；陆林，王卓华辑.慎墨堂诗话［M］.北京：中华书局，2017.

113.［清］叶燮；蒋寅笺注.原诗笺注［M］.上海：上海古籍出版社，2023.

114.［清］陈沆著；宋耐苦，何国民校.陈沆集［M］.武汉：湖北教育出版社，2016.

115. 王钟翰点校.清史列传［M］.北京：中华书局，2022.

二、近人著述

（一）专著类

1. 吴承学.中国古代文体形态研究［M］.广州：中山大学出版社，2002.

2. 郭绍虞.照隅室古典文学论集［M］.上海：上海古籍出版社，2009.

3. 曹胜高.中国文学的代际［M］.北京：商务印书馆，2013.

4. 王瑶.关于中国古典文学问题［M］.上海：古典文学出版社，1956.

5. 曾枣庄，刘琳主编.全宋文［M］.上海：上海辞书出版社；合肥：安徽教育出版社，2006.

6. 吴兆宜注，程琰删补；穆克宏点校.玉台新咏［M］.北京：中华书局，1985.

7. 邹云湖.中国选本批评［M］.上海：上海三联书店，2002.

8. 李润强.清代进士群体与学术文化[M].北京:中国社会科学出版社,2007.

9. 李润强.历史、社会与文学[M].北京:人民出版社,2012.

10. 苏基朗;李润强译.刺桐梦华录:近世前期闽南的市场经济[M].杭州:浙江大学出版社,2012.

11. 曾枣庄.中国古代文体学[M].上海:上海人民出版社,2012.

12. 李伯重.多视角看江南经济史(1250—1850)[M].北京:商务印书馆,2022.

13. 鲁迅.集外集:选本[M].北京:人民文学出版社,2005.

14. 陈尚君辑校.全唐文补编[M].北京:中华书局,2005.

15. 陈尚君辑校.全唐诗补编[M].北京:中华书局.1992.

16. 陈尚君修订.旧五代史[M].北京:中华书局,2016.

17. 陈尚君修订.新五代史[M].北京:中华书局,2016.

18. 陈尚君,徐俊,傅璇琮编.唐人选唐诗新编[M].北京:中华书局,2014.

19. 陈尚君.我认识的唐朝诗人[M].北京:中华书局,2023.

20. 陈尚君.我见青山[M].北京:文津出版社,2017.

21. 陈尚君编.唐五代文作者索引[M].北京:中华书局,2010.

22. 陈尚君.宋元笔记述要[M].北京:中华书局,2019.

23. 陈尚君.陈尚君自选集[M].桂林:广西师范大学出版社,2000.

24. 陈尚君.唐诗求是[M].上海:上海古籍出版社,2018.

25. 陈尚君.诗唱大唐[M].南京:凤凰出版社.2021.

26. 陈尚君.唐代文学丛考[M].北京:中国社会科学出版社,1997.

27. 陈尚君.星垂平野阔[M].北京:商务印书馆,2017.

28. 朱东润,陈尚君.中国文学批评史大纲[M].上海:上海古籍出版社,2016.

29. 陈尚君.濠上漫与:陈尚君读书随笔[M].北京:中华书局,2019.

30. 陈尚君.出入高下穷烟霏——复旦内外的师长[M].北京:商务印书馆,2022.

31. 陈尚君.花舞大唐气象新[M].北京:商务印书馆,2019.

32. 叶嘉莹,陈尚君,胡晓明.历代女性诗词鉴赏辞典[M].上海:上海辞书出版社,2016.

33. 陈尚君.唐人佚诗解读[M].北京:中华书局,2021.

34. 吴小如,王运熙,章培恒,曹道衡,袁行霈,周勋初,陈尚君等.汉魏六朝诗鉴赏辞典[M].上海:上海辞书出版社,2021.

35. 陈尚君.蛾术薪传[M].北京:商务印书馆,2019.

36. 陈尚君.行走大唐[M].桂林:广西师范大学出版社,2018.

37. 陈尚君.唐女诗人甄辨[M].武汉:海豚出版社,2014.

38. 朱东润;陈尚君编.中国传叙文学之变迁八代传叙文学述论[M].上海:复旦大学出版社,2015.

39. 陈尚君. 转益多师[M]. 上海：上海辞书出版社，2015.

40. 夏婧；陈尚君编. 清编《全唐文》研究[M]. 上海：上海古籍出版社，2019.

41. 程毅中主编；王秀梅等编录. 宋人诗话外编[M]. 北京：中华书局，2017.

42. 褚斌杰. 中国古代文体概论[M]. 北京：北京大学出版社，1990.

43. 崔致远撰；党银平校注. 桂苑笔耕集校注[M]. 北京：中华书局，2007.

44. 党圣元. 中国古代文体观念研究[M]. 北京：人民出版社，2024.

45. 邓国光. 文章体统：中国文体学的正变与流别[M]. 上海：上海古籍出版社，2013.

46. 郭丹等译注. 左传[M]. 北京：中华书局，2018.

47. 郭英德. 中国古代文体学论稿[M]. 北京：北京大学出版社，2005.

48. 郭自虎. 元稹与元和文体新变[M]. 合肥：安徽大学出版，2010.

49. 过常宝. 先秦文体与话语方式研究[M]. 北京：中华书局，2016.

50. 韩高年. 礼乐制度变迁与春秋文体演变研究[M]. 北京：商务印书馆，2021.

51. 何锡光校注. 松陵集[M]. 南京：凤凰出版社，2015.

52. 李晓红. 文体新变与南朝学术文化[M]. 北京:中华书局,2017.

53. 欧明俊. 古代文体学思辨录[M]. 北京:人民出版社,2015.

54. 彭玉平. 人间词话疏证[M]. 北京:中华书局,2011.

55. 邱江宁. 明清江南消费文化与文体演变研究[M]. 上海:上海三联书店,2009.

56. 魏洪雁. 商周铭文叙事文体演变[M]. 北京:中华书局,2023.

57. 吴作奎. 古代文体研究论稿[M]. 武汉:武汉大学出版社,2016.

58. 郗文倩. 中国古代文体功能研究[M]. 上海:三联出版社,2010.

59. 徐洪兴编选. 王国维文选[M]. 上海:上海远东出版社,2011.

60. 姚爱斌. 中国古代文体论思辨[M]. 北京:人民出版社,2012.

61. 王水照,侯体健主编. 中国古代文章学的衍化与异形——中国古代文章学二集[M]. 上海:复旦大学出版社,2014.

62. 周勋初. 文心雕龙解析[M]. 南京:凤凰出版社,2015.

63. 周勋初. 当代学术研究思辨[M]. 南京:凤凰出版社,2023.

64. 周勋初. 九歌新考[M]. 上海:上海古籍出版社,1986.

65. 周勋初. 师门问学录[M]. 南京:凤凰出版社,2021.

66. 周勋初. 馀波集[M]. 南京:凤凰出版社,2023.

67. 周勋初. 李白评传[M]. 南京:凤凰出版社,2022.

68. 周勋初. 中国文学批评小史[M]. 上海:复旦大学出版社,2014.

69. 周勋初纂辑. 唐钞文选集注汇存[M]. 上海:上海古籍出版社,2000.

70. 周义敢,周雷编. 梅尧臣资料汇编[M]. 北京:中华书局,2007.

71. 曹道衡,沈玉成编著. 南北朝文学史[M]. 北京:人民文学出版社,1991.

72. 王钟翰. 清史新考[M]. 沈阳:辽宁大学出版社,1990.

73. 王钟翰. 清史杂考[M]. 北京:人民出版社,1957.

74. 王钟翰. 王钟翰清史论集[M]. 北京:中华书局,2004.

75. 王钟翰. 王钟翰学述[M]. 杭州:浙江人民出版社,1999.

76. 陈寅恪. 陈寅恪史学论文选集[M]. 上海:上海古籍出版社,1992.

77. 陈寅恪. 寒柳堂集[M]. 北京:生活书店出版有限公司,2015.

78. 陈寅恪. 元白诗笺证稿[M]. 北京:生活·读书·新知三联书店,2015.

79. 戴建业. 澄明之境——陶渊明新论[M]. 武汉:华中师范大学出版社,1998.

80. 戴建业.精读世说新语[M].广州:广东人民出版社,2019.

81. 戴建业.文献考辨与文学阐释[M].武汉:华中师范大学出版社,2012.

82. 戴建业.文本阐释的内与外[M].上海:上海文艺出版社,2019.

83. 戴建业.两宋诗词简史[M].广州:广东人民出版社,2023.

84. 戴建业.六朝文学史[M].广州:广东人民出版社,2023.

85. 戴建业.论中国古代的知识分类与典籍分类[M].广州:广东人民出版社,2019.

86. 戴建业.孟郊论稿[M].上海:上海古籍出版社,2006.

87. 方诗铭编著.中国历史纪年表[M].上海:书店出版社,2013.

88. 傅璇琮主编.中国古代诗文名著提要[M].北京:中华书局.2009.

89. 傅璇琮.治学清历——傅璇琮自选集[M].北京:首都师范大学出版社,2010.

90. 傅璇琮.唐代科举与文学[M].北京:中华书局,2023.

91. 傅璇琮.唐代诗人丛考[M].北京:中华书局,2003.

92. 傅璇琮.驼草集[M].北京:中华书局,2023.

93. 傅璇琮.唐翰林学士传论[M].北京:中华书局,2023.

94. 傅璇琮等主编.中国诗学大辞典[M].杭州:浙江教育出

版社,1999.

95. 李楠,傅璇琮.中国古代交通[M].北京:中国商业出版社,2015.

96. 钱仲联,章培恒,傅璇琮主编.中国文学大辞典[M].上海:上海辞书出版社,2000.

97. 傅璇琮,赵昌平主编;刘石等分卷主编.续修四库全书总目提要·子部[M].上海:上海古籍出版社,2016.

98. 续修四库全书总目提要编纂委员会主编.续修四库全书总目提要·集部[M].上海:上海古籍出版社,2015.

99. 闻一多;傅璇琮导读.唐诗杂论[M].上海:上海古籍出版社,2019.

100. 傅璇琮,蒋寅主编.中国古代文学通论[M].北京:人民出版社,2010.

101. 傅璇琮,艾荫范,刘继才主编.中华古典诗词比兴转义大词典[M].沈阳:东北大学出版社,2017.

102. 朱易安,傅璇琮,周常林编.全宋笔记[M].郑州:大象出版社,2017.

103. 葛兆光.中国思想史(导论):思想史的写法[M].上海:复旦大学出版社,2001.

104. 葛兆光.思想史研究课堂讲录[M].北京:生活·读书·新知三联书店,2019.

105. 葛兆光.道教与中国文化[M].上海:上海人民出版社,1987.

106. 葛兆光. 古代中国文化讲义[M]. 上海:复旦大学出版社,2006.

107. 李学勤主编;葛兆光,程钢副主编. 国际汉学著作提要[M]. 南昌:江西教育出版社,1996.

108. 葛兆光,戴燕. 晚唐风韵[M]. 南京:江苏古籍出版社,1991.

109. 葛兆光. 考槃在涧[M]. 沈阳:辽宁教育出版社,1996.

110. 葛兆光. 中国经典十种[M]. 北京:中华书局,2008.

111. 葛兆光. 古代中国文化讲义[M]. 上海:复旦大学出版社,2006.

112. 葛兆光. 侧看成峰:葛兆光海外学术论著评论集[M]. 北京:中华书局,2020.

113. 葛兆光. 屈服史及其他——六朝隋唐道教的思想史研究[M]. 北京:生活·读书·新知三联书店,2003.

114. 葛兆光. 葛兆光自选集[M]. 桂林:广西师范大学出版社,1997.

115. 葛兆光. 中国思想史(1—2卷)[M]. 上海:复旦大学出版社,2001.

116. 葛兆光. 禅宗与中国文化[M]. 上海:上海人民出版社,1999.

117. 葛兆光. 汉字的魔方——中国古典诗歌语言学札记[M]. 上海:复旦大学出版社,2016.

118. 钱穆. 国学概论[M]. 北京:商务印书馆,2015.

119. 钱穆. 国史大纲[M]. 北京:商务印书馆,1994.

120. 钱穆. 中国学术思想史论丛[M]. 台北:东大图书公司,1976.

121. 钱穆. 先秦诸子系年[M]. 北京:九州出版社,2011.

122. 钱穆. 中国学术通义[M]. 北京:九州出版社,2011.

123. 谭其骧主编. 中国历史地图集[M]. 北京:中国地图出版社,1982.

124. 张相. 诗词曲语辞汇释[M]. 上海:上海古籍出版社,2009.

125. 陈匪石. 宋词举[M]. 南京:凤凰出版社,2002.

126. 陈匪石;刘梦芙校. 陈匪石先生遗稿[M]. 合肥:黄山书社,2012.

127. 王炜.《清诗别裁集》研究[M]. 上海:上海古籍出版社,2010.

128. 郭绍虞. 中国文学批评史[M]. 天津:百花文艺出版社,1999.

129. 郭绍虞. 宋诗话考[M]. 北京:中华书局,1979.

130. 郭绍虞,罗根泽等主编. 中国近代文论选[M]. 北京:人民文学出版社,1959.

131. 郭绍虞. 中国古典文学理论批评史[M]. 北京:人民文学出版社,1959.

132. 郭绍虞. 苕溪渔隐丛话[M]. 北京:人民文学出版社,1962.

133. 郭绍虞笺注. 杜甫戏为六绝句集解·元好问论诗三十首小笺[M]. 北京：人民文学出版社，1978.

134. 郭绍虞编；富寿荪校. 清诗话续编[M]. 上海：上海古籍出版社，2016.

135. 杨焄点校，张寅彭编纂. 清诗话全编[M]. 上海：上海古籍出版社，2018.

136. 张寅彭编. 清诗话三编[M]. 上海：上海古籍出版社，2014.

137. 张寅彭辑著. 新订清人诗学书目[M]. 上海：上海古籍出版，2003.

138. 张寅彭主编. 民国诗话丛编[M]. 上海：上海书店出版社，2002.

139. 冈村繁；张寅彭译. 唐代文艺论[M]. 上海：上海古籍出版社，2009.

140. 刘和文. 清人选清诗总集研究[M]. 芜湖：安徽师范大学出版社，2016.

141. 钱仲联主编. 清诗纪事[M]. 南京：江苏古籍出版社，2004.

142. 钱仲联. 梦苕庵清代文学论集[M]. 济南：齐鲁书社，1983.

143. 钱仲联. 梦苕盦专著二种[M]. 北京：中国社会科学出版社，1984.

144. 钱仲联主编. 明清诗文研究资料集[M]. 上海：上海古

籍出版社,1986.

145. 钱仲联编选.明清诗精选[M].南京:江苏古籍出版社,1992.

146. 钱仲联编选.清八大名家词集[M].长沙:岳麓书社,1992.

147. 钱仲联主编.明清诗文研究丛刊:第一、二辑[M].苏州:苏州大学中文系,1982.

148. 钱仲联.诗坛点将录[M].北京:生活·读书·新知三联书店.2021.

149. 钱仲联.钱仲联讲论清诗[M].北京:生活·读书·新知三联书店,2020.

150. 钱仲联.元明清诗鉴赏辞典[M].上海:上海辞书出版社.1994.

151. 罗时进.文学社会学——明清诗文研究的问题与视角[M].北京:中华书局,2017.

152. 罗时进.名家精注精评本:杜牧集[M].南京:凤凰出版社,2014.

153. 罗时进.湖畔仰浪集[M].南京:凤凰出版社,2022.

154. 邓之诚.清诗纪事初编[M].上海:上海古籍出版社,2012.

155. 夏勇.清诗总集通论[M].北京:中国社会科学出版社,2017.

156. 严迪昌.清诗史[M].北京:人民文学出版社,2019.

157. 严迪昌. 文学风格漫说[M]. 南京:江苏人民出版社,1983.

158. 程千帆,沈祖芬选注. 古诗今选[M]. 上海:上海古籍出版社,1983.

159. 程千帆. 古诗考索[M]. 上海:上海古籍出版社,1984.

160. 程千帆选注. 宋诗精选[M]. 南京:凤凰出版社. 2018.

161. 程千帆,徐有富. 校雠广义:校勘编[M]. 济南:齐鲁书社 1998.

162. 程千帆. 校雠学略说[M]. 杭州:浙江大学出版社,2022.

163. 程千帆. 读宋诗随笔[M]. 西安:陕西师范大学出版社,2018.

164. 程千帆;张伯伟编选. 唐诗的历程[M]. 北京:生活·读书·新知三联书店,2021.

165. 程千帆. 闲堂文薮[M]. 济南:齐鲁书社,1984.

166. 程千帆主编. 中国古代文学英华[M]. 上海:上海教育出版社,1984.

167. 程千帆,唐文编. 量守庐学记——黄侃的生平和学术[M]. 北京:生活·读书·新知三联书店,2006.

168. 程千帆. 唐代进士行卷与文学古诗考索[M]. 北京:商务印书馆,2017.

169. 刘师培;程千帆导读. 中国中古文学史讲义[M]. 上海:上海古籍出版社,2019.

170. 张伯伟. 程千帆古诗讲录[M]. 北京:人民文学出版社,2020.

171. 张伯伟编. 稀见本宋人诗话四种[M]. 南京:凤凰出版社,2002.

172. 张伯伟. 禅与诗学[M]. 杭州:浙江人民出版社,1992.

173. 张伯伟. 清代诗话东传略论稿[M]. 北京:中华书局,2007.

174. 张伯伟. 临济录[M]. 北京:东方出版社,2018.

175. 张伯伟. 中国古代文学批评方法研究[M]. 北京:中华书局,2023.

176. 张伯伟,卞东波. 风月同天:中国与东亚[M]. 南京:江苏人民出版社,2017.

177. 林宗正,张伯伟编. 从传统到现代的中国诗学[M]. 上海:上海古籍出版社,2017.

178. 张伯伟. 博雅撷英:中国诗词曲史略[M]. 北京:北京大学出版社,2022.

179. 陈钟凡著;叶嘉莹主编;陈斐执行主编;卞东波整理. 中国韵文通论[M]. 北京:文化艺术出版社,2018.

180. 卞东波. 域外稽古录东亚汉籍与中国古典文学研究综论[M]. 北京:北京大学出版社,2019.

181. 卞东波. 海外嫏嬛录[M]. 南京:凤凰出版社,2021.

182. 卞东波编. 中国古典文学与文本的新阐释——海外汉学论文新集[M]. 合肥:安徽教育出版社,2019.

183. 刘师培. 汉魏六朝专家文研究[M]. 香港:香港中文大学新亚书院,1966.

184. 刘师培. 中国中古文学史[M]. 北京:商务印书馆,1958.

185. 陈引弛编校. 刘师培中古文学论集[M]. 北京:中国社会科学出版社,1997.

186. 汪宇编. 刘师培学术文化随笔[M]. 北京:中国青年出版社,1999.

187. 朱则杰. 清诗考证[M]. 北京:人民文学出版社,2012.

188. 朱则杰. 清诗考证续编[M]. 杭州:浙江大学出版社,2019.

189. 朱则杰. 清诗史[M]. 南京:江苏古籍出版社,2000.

190. 朱则杰编. 清诗总集序跋汇编[M]. 南京:凤凰出版社,2021.

191. 朱则杰注评. 清诗选评[M]. 西安:三秦出版社,2004.

192. 朱则杰. 全清诗探索与清诗综合研究(朱则杰教授荣休纪念集)[M]. 杭州:浙江大学出版社,2020.

193. 朱则杰编. 元明清诗[M]. 成都:天地出版社,1997.

194. 朱则杰. 清诗代表作家研究[M]. 济南:齐鲁书社,1995.

195. 朱则杰. 朱彝尊研究[M]. 杭州:浙江古籍出版社,1993.

196. 刘世南. 清诗流派史[M]. 北京:人民文学出版

社,2019.

197. 刘世南选注.黄遵宪诗选注[M].上海:上海古籍出版社,1986.

198. 刘世南.在学术殿堂外[M].北京:九州出版社,2018.

199. 蒋寅.清诗话考[M].北京:中华书局,2005.

200. 蒋寅.王渔洋事迹征略[M].北京:人民文学出版社,2001.

201. 蒋寅.古典诗学的现代诠释[M].北京:中华书局,2023.

202. 蒋寅.古典诗学的现代诠释续集[M].北京:中华书局,2023.

203. 蒋寅.中国诗学之路——在历史、文化与美学之间[M].北京:商务印书馆,2021.

204. 蒋寅.大历诗风[M].上海:上海古籍出版社,1992.

205. 蒋寅.大历诗人研究[M].北京:中华书局,1995.

206. 蒋寅.学术的年轮[M].南京:凤凰出版社,2010.

207. 蒋寅.学术的年轮续编[M].南京:凤凰出版社,2021.

208. 蒋寅.金陵生小言[M].北京:中华书局,2020.

209. 蒋寅.金陵生小言续编[M].北京:中华书局,2020.

210. 蒋寅.黄仲则诗选[M].北京:商务印书馆,2023.

211. 蒋寅.清代诗学史·反思与建构(1644—1735)[M].北京:中国社会科学出版社,2019.

212. 蒋寅.清代诗学史·学问与性情(1736—1795)[M].北

京:中国社会科学出版社,2019.

213. 蒋寅. 视角与方法:中国文学史探索[M]. 北京:北京大学出版社,2018.

214. 蒋寅. 清代文学论稿[M]. 杭州:浙江古籍出版社,2022.

215. 蒋寅编译. 日本学者中国诗学论集[M]. 南京:凤凰出版社,2008.

216. 韩经太主编;蒋寅注评. 清诗鉴赏[M]. 北京:人民文学出版社,2022.

217. 韩经太主编;钱志熙注评. 魏晋南北朝诗鉴赏[M]. 北京:人民文学出版社,2022.

218. 韩经太主编;赵敏俐注评. 先秦两汉诗鉴赏[M]. 北京:人民文学出版社,2022.

219. 杨向荣. 文化、现代性与审美救赎——齐美尔与法兰克福学派[M]. 北京:中国社会科学出版社,2019.

220. 杨向荣. 西方诗学话语中的陌生化[M]. 北京:中国社会科学出版社,2016.

221. 余冠英. 中国古代山水诗鉴赏辞典[M]. 南京:江苏古籍出版社,1989.

222. 余冠英选注. 乐府诗选[M]. 北京:人民文学出版社,1953.

223. 余冠英注译. 诗经选[M]. 北京:人民文学出版社. 1979.

224. 余冠英选注. 三曹诗选[M]. 北京:人民文学出版社,1979.

225. 余冠英选注. 汉魏六朝诗选[M]. 北京:中华书局,2012.

226. 余冠英选注. 汉朝诗歌选注[M]. 广州:中流出版社,1972.

227. 余冠英. 汉魏六朝诗论丛[M]. 北京:商务印书馆,2017.

228. 余冠英. 反刍集[M]. 北京:北京师范学院出版社,1986.

229. 余冠英. 汉魏六朝诗论业[M]. 上海:上海古典文学出版社,1956.

230. 余冠英. 冠英说诗[M]. 北京:商务印书馆,2013.

231. 侯明注释. 余冠英古代民歌[M]. 扬州:广陵书社,2017.

232. 钱志熙. 汉魏乐府的音乐与诗[M]. 郑州:大象出版社,2009.

233. 钱志熙. 魏晋诗歌艺术原论[M]. 北京:北京大学出版社,1993.

234. 钱志熙. 陶渊明传[M]. 北京:中华书局,2012.

235. 钱志熙. 陶渊明经纬[M]. 北京:北京大学出版社,2019.

236. 钱志熙编. 乐清钱氏文献丛编[M]. 北京:线装书

局,2010.

237. 钱志熙,刘青海.诗词写作常识[M].北京:中华书局,2012.

238. 钱志熙.黄庭坚诗学体系研究[M].北京:北京大学出版社,北京出版社,2015.

239. 钱志熙.唐前生命观和文学生命主题[M].上海:复旦大学出版社,2000.

240. 钱志熙等.中国诗歌研究史:魏晋南北朝卷[M].北京:人民文学出版社,2020.

241. 曹云霖编注.冯迈集冯豹集[M].北京:线装书局,2010.

242. 吴大顺.汉魏六朝诗歌传播研究[M].北京:中国社会科学出版社,2018.

243. 吴大顺.两汉魏晋南北朝诗体形式的生成与流变研究[M].西安:陕西人民出版社,2022.

244. 吴大顺.音乐·媒介·诗体:汉魏六朝乐府论稿[M].桂林:广西师范大学出版社.2019.

245. 吴大顺.魏晋南北朝乐府歌辞研究[M].上海:上海古籍出版社,2009.

246. 李鸿雁.先秦汉魏六朝叙事诗研究[M].北京:中国社会科学出版社,2017.

247. 葛晓音.先秦汉魏六朝诗歌体式研究[M].北京:北京大学出版社,2012.

248. 葛晓音.八代诗史[M].西安:陕西人民出版社,1989.

249. 葛晓音.山水有清音——古代山水田园诗鉴要[M].北京:北京出版社,2018.

250. 葛晓音.中唐古诗的尚奇之风[M].北京:北京大学出版社,2023.

251. 葛晓音.唐诗流变论要[M].北京:商务印书馆,2017.

252. 葛晓音.山水·审美·理趣[M].上海:复旦大学出版社,2020.

253. 葛晓音.杜甫诗选评[M].上海:上海古籍出版社,2019.

254. 葛晓音.进学丛谈[M].北京:商务印书馆,2021.

255. 葛晓音.杜诗艺术与辨体[M].北京:北京大学出版社,2018.

256. 葛晓音.山水田园诗派研究[M].沈阳:辽宁大学出版社,1993.

257. 赵琼琼.汉末魏晋缘情诗审美经验研究[M].武汉:武汉大学出版社,2015.

258. 田余庆.秦汉魏晋史探微[M].北京:中华书局,2023.

259. 于安澜.汉魏六朝韵谱[M].开封:河南大学出版社,2015.

260. 傅刚.汉魏六朝文学与文献论稿[M].北京:商务印书馆,2016.

261. 傅刚.文选版本研究[M].北京:北京大学出版

社,2000.

262. 傅刚. 昭明文选研究[M]. 北京:北京大学出版社,2023.

263. 祝总斌. 两汉魏晋南北朝宰相制度研究[M]. 北京:北京大学出版社,2017.

264. 祝总斌. 门阀时代:魏晋南北朝的政治与制度[M]. 北京:北京大学出版社,2023.

265. 祝总斌. 君臣之际:中国古代的政权与学术[M]. 北京:北京大学出版社,2023.

266. 祝总斌. 材不材斋史学丛稿[M]. 北京:中华书局,2009.

267. 孙明君. 汉魏文学与政治[M]. 北京:商务印书馆,2003.

268. 孙明君. 两晋士族文学研究[M]. 郑州:中州古籍出版社,2022.

269. 孙明君. 南北朝贵族文学研究[M]. 北京:商务印书馆,2018.

270. 孙明君. 三曹与中国诗史[M]. 北京:商务印书馆,2013.

271. 孙明君选注. 三曹诗选[M]. 北京:中华书局,2005.

272. 孙明君选注. 白居易诗选[M]. 北京:人民文学出版社,2016.

273. 孙明君. 昨夜星辰——中国古典诗歌品鉴[M]. 北京:

清华大学出版社,2002.

274. 罗常培.汉魏晋南北朝韵部演变研究[M].北京:中华书局,2007.

275. 罗常培.汉语音韵学导论[M].北京:中华书局,1956.

276. 臧克和.中国文字与儒学思想[M].南宁:广西教育出版社,1996.

277. 臧克和.汉魏六朝隋唐五代字形表[M].广州:南方日报出版社,2011.

278. 胡旭.汉魏文学嬗变研究[M].厦门:厦门大学出版社,2004.

279. 陈苏镇.两汉魏晋南北朝史探幽[M].北京:北京大学出版社,2013.

280. 陈苏镇.《春秋》与"汉道":两汉政治与政治文化研究[M].北京:中华书局,2023.

281. 陈苏镇.汉代政治与《春秋》学[M].北京:中国广播电视出版社,2001.

282. 陈苏镇.从未央宫到洛阳宫:两汉魏晋宫禁制度考论[M].北京:生活·读书·新知三联书店.2022.

283. 刘玲娣.汉魏六朝老学研究[M].武汉:华中师范大学出版社.2012.

284. 刘玲娣.秦汉道家与道教[M].西安:三秦出版社,2012.

285. 吴淑玲,何梅琴,刘玲娣.古代文学家的艺术特质[M].

北京：中国文联出版社，2003.

286. 冷卫国. 先秦汉唐诗赋论稿[M]. 北京：中国社会科学出版社，2018.

287. 冷卫国. 汉魏六朝赋学批评研究[M]. 北京：商务印书馆，2012.

288. 梅家玲. 汉魏六朝文学新论：拟代与赠答篇[M]. 北京：北京大学出版社，2004.

289. 梅家玲. 宋濂文学新论[M]. 北京：北京大学出版社，2020.

290. 孙生. 白笑天. 汉魏士人的思想历程[M]. 银川：宁夏人民出版社，2011.

291. 白笑天. 先秦民间文学批评观念研究[M]. 北京：民族出版社，2023.

292. 黄亚卓. 汉魏六朝公宴诗研究[M]. 上海：华东师范大学出版社，2007.

293. 浦江清. 汉魏六朝诗钞[M]. 北京：北京出版社，2018.

294. 钱南熙. 汉魏乐府艺术研究[M]. 北京：学苑出版社，2011.

295. 宋雪玲. 陈祚明《采菽堂古诗选》研究[M]. 北京：社会科学文献出版社，2016.

296. 宋雪玲. 魏晋南北朝战争诗文综论[M]. 北京：社会科学文献出版社，2015.

297. 黄河. 王士禛与清初诗歌思想[M]. 天津：天津人民出

版社,2002.

298. 王小舒等译注. 王士禛诗选译[M]. 成都:巴蜀书社,1994.

299. 苏州市文化局,苏州市文物管理委员会. 沈德潜史料[M]. 苏州:苏州市文化局,1997.

300. 王宏林. 沈德潜诗学思想研究[M]. 北京:人民出版社,2010.

301. 王宏林.《唐诗别裁集》与唐诗经典化[M]. 北京:中华书局,2022.

302. 陈飞. 文学与文人——论金圣叹及其他[M]. 北京:商务印书馆,2011.

303. 陈飞编. 中国文学专史书目提要[M]. 郑州:大象出版社,2004.

304. 陈飞. 唐代试策考述[M]. 北京:中华书局,2002.

305. 陈飞之. 三曹诗论集[M]. 桂林:广西师范大学出版社,1989.

306. 陆林. 金圣叹史实研究[M]. 北京:人民文学出版社,2015.

307. 陆林. 元代戏剧学研究[M]. 合肥:安徽文艺出版社,1999.

308. 戴海斌. 晚清人物丛考[M]. 北京:生活·读书·新知三联书店,2018.

309. 周柳燕. 王闿运的生平与文学创作[M]. 长沙:湖南大

学出版社,2010.

310. 周柳燕编. 王闿运辑[M]. 北京:民主与建设出版社,2016.

311. 何荣誉. 王闿运与光宣诗坛研究[M]. 北京:中国社会科学出版社,2015.

312. 李赫亚. 王闿运与晚清书院教育[M]. 北京:光明日报出版社,2007.

313. 高春艳,袁志伟. 李因笃评传[M]. 西安:西北大学出版社,2015.

314. 高春艳. 李因笃文学研究[M]. 北京:中国社会科学出版社,2011.

315. 陈怡良. 屈原文学论集[M]. 台北:文津出版社,2002.

316. 陈怡良. 屈骚审美与修辞[M]. 台北:文津出版社,2008.

317. 陈怡良. 中古诗人新论:三曹、陶、谢诸人之生平及其诗艺论析[M]. 台北:万卷楼出版社,2023.

318. 何贻焜. 亭林学术述评[M]. 南京:正中书局,1944.

319. 何贻焜. 曾国藩评传[M]. 长沙:岳麓书社,2016.

320. 董丛林. 曾国藩传[M]. 北京:人民出版社,2014.

321. 董丛林. 曾国藩家族[M]. 石家庄:河北教育出版社,2011.

322. 董丛林选编. 曾国藩督直文选[M]. 秦皇岛:燕山大学出版社,2017.

323. 董丛林编. 曾国藩年谱长编[M]. 上海:上海交通大学出版社,2017.

324. 于家慧,张静. 宋词之美日历[M]. 北京:中华书局,2018.

325. 张静. 曾国藩文学研究[M]. 长沙:岳麓书社,2008.

326. 刘飙. 鄂东状元陈沆研究[M]. 武汉:武汉大学出版社,2016.

327. 弘征,罗凌翩译析. 汉魏六朝诗三百首译析[M]. 长沙:湖南文艺出版社,2017.

328. 刘晓亮. 八代诗汇评[M]. 北京:北京联合出版有限公司,2018.

329. 潘承玉. 清初诗坛:卓尔堪与《遗民诗》研究[M]. 北京:中华书局,2004.

330. 巩本栋. 宋代文献编纂与文化变革[M]. 南京:南京大学出版社,2021.

331. 巩本栋. 辛弃疾评传[M]. 北京:中华书局,2023.

332. 巩本栋. 中国现代学术演进:从章太炎到程千帆[M]. 北京:北京大学出版社,2009.

333. 巩本栋. 思想与文学:中国文学史及其周边[M]. 北京:北京大学出版社,2021.

334. 巩本栋主编. 中国诗学研究年度报告(2022)[M]. 合肥:安徽师范大学出版社,2023.

335. 卢燕新. 唐人编选诗文总集研究[M]. 北京:中国人民

大学出版社,2014.

336. 刘尊举.唐宋派文学思想研究[M].北京:人民文学出版社,2023.

三、论文

1.报刊论文

1. 郭建勋.论南朝骚体文学艺术上的新变[J].湖南师范大学社会科学学报,1997(3).

2. 陈怡良.谢灵运《山居赋》创作意蕴及其写景探胜[J].淮阴师范学院学报(哲学社会科学版).2012,34(4).

3. 邓心强.论魏晋南北朝“调配组合”策略与批评文体之新变[J].中国文学研究,2022(4).

4. 吴大顺.齐梁文人赋题乐府与乐府体的新变[J].中国韵文学刊,2023,37(4).

5. 朱秀敏.建安铭文沿承与新变[J].求索,2011(2).

6. 魏诗晓.包容的创造:骈文形态特征与南朝文体新变[J].中国韵文学刊,2023,37(2).

7. 孟伟.“网罗放佚”:清编清人古文选本的编纂旨趣[J].中国社会科学报,2018(11).

8. 王炜.从清代诗选看诗歌选本的批评功能[J].黑龙江社会科学,2010(03).

9. 蒋寅.遗民与贰臣:易代之际士人的生存或文化抉

择——以明清之际为中心[J]. 社会科学论坛,2011(9).

10. 蒋寅. 一种更真实的人地关系与文学生态——中国古代流寓文学刍论[J]. 中国文化研究,2012(3).

11. 蒋寅. 清代诗学研究之我见[J]. 苏州大学学报,2005(5).

12. 韩宁. 清初唐诗选本与杜诗的经典化[J]. 河北学刊,2018,38(5).

13. 杨春忠. 选本活动论题的张力及其研究[J]. 聊城大学学报(社会科学版),2008(1).

14. 查洪德,袁梅. 唐诗选本经典性及相关问题的几点思考[J]. 中州学刊,2018(1).

15. 王雅辰. 对《古诗归》及其辑录汉诗的研究现状探微[J]. 兰州教育学院学报,2018,34(3).

16. 胡海义. 八股文选本类型考析[J]. 湖南师范大学社会科学学报,2018,47(1).

17. 潘林. 从明诗选本看明代复古的诗学价值[J]. 广东外语外贸大学学报,2018(1).

18. 张素丽.《唐诗三百首》选本发展历程述评[J],吕梁教育学院学报,2018,29(1).

19. 曹辛华. 民国时期清诗选本考录[J],玉林师范学院学报,2018,39(3).

20. 张景昆,赵文杰,行晓荣. 古代朝鲜编纂的中国诗歌选本考述(上)[J]. 名作欣赏,2018(14).

21. 许皓雪,原子娟,岳斯琦. 古代朝鲜编纂的中国诗歌选本考述(下)[J]. 名作欣赏,2018(17).

22. 丁放. 唐诗选本与李、杜诗歌的经典化——以唐代至明代唐诗选本为例[J]. 文史哲,2018(3).

23. 付佳奥.《采菽堂古诗选》"意""致"结合的诗学体系[J]. 阅江学刊,2018,10(3).

24. 孔君丽. 试论《采菽堂古诗选》"尚辞主情"的诗学理念[J]. 淮海工学院学报(人文社会科学版),2017,15(7).

25. 张悦. 千载之下,谁为知音? ——论《古诗归》《采菽堂古诗选》《古诗评选》对陶诗的选评[J]. 河南大学学报(社会科学版),2017,57(1).

26. 张伟. 从情辞关系看《采菽堂古诗选》的诗学思想. 中南大学学报(社会科学版),2016,22(3).

27. 张伟.《采菽堂古诗选》对《文选》的批评与修正[J]. 汕头大学学报(人文社会科学版),2014,30(6).

28. 袁琳,满嘉琪. 近十五年来《采菽堂古诗选》研究综述[J]. 兰州工业学院学报,2014,21(3).

29. 王莉. 陈祚明《采菽堂古诗选》选录汉乐府的特点及其批评方法[J]. 中南民族大学学报(人文社会科学版),2014,(6).

30. 张伟.《采菽堂古诗选》的命名及成书过程研究[J]. 汕头大学学报,2014,34(2).

31. 黄妍,徐国荣. 论《采菽堂古诗选》对庾信的推崇[J]. 安徽大学学报,2014,38(1).

32. 张伟. 论《古诗源》对《采菽堂古诗选》诗学思想的承袭[J]. 中国韵文学刊,2013,27(4).

33. 宋雪玲. 论陈祚明的诗歌美学思想[J]. 河南师范大学学报,2012,39(5).

34. 宋雪玲.《采菽堂古诗选》编选之隐形标准[J]. 温州大学学报,2011(6).

35. 蒋寅. 一个有待于重新认识的批评家——陈祚明的先唐诗歌批评[J]. 中国社会科学院研究生院学报,2011(3).

36. 黄进德,汪俊. 论吴淇及其《六朝选诗定论》[J]. 扬州文化研究论丛,2009(1).

37. 景献力. 吴淇《六朝选诗定论》对《选》诗的重新阐释[J]. 福州大学学报(哲学社会科学版),2009,23(1).

38. 周阿红,阎真. 船山诗论"俱以意为主"与"俱不在意"新探[J]. 文化与诗学,2017(1).

39. 刘硕伟. 王夫之诗论中的"势"论[J]. 船山学刊,2017(6).

40. 胡玉兰. 王夫之与"唐无五言古诗"说[J]. 中山大学学报(社会科学版),2017,57(4).

41. 刘再华,刘雨佳. 船山诗学批评中"净"的理论内涵辨析[J]. 杜甫研究学刊,2017(2).

42. 陶雨. 王夫之《古诗评选》中的小诗观[J]. 大众文艺,2014(13).

43. 朱新亮. 王船山历代诗歌评选成书时间新考[J]. 南华大

学学报,2017(1).

44. 陈雪雁.王夫之诗学思想的基本原则[J].佳木斯大学社会科学学报.2015(5).

45. 刘桂鑫.王夫之“晋宋风雅”论的内涵及其诗史意义[J].文艺评论,2015(8).

46. 张晶,张佳音.从对陶谢评价的轩轾看王夫之的诗学观念[J].复旦学报(社会科学版),2015(3).

47. 陶雨.王船山在《古诗评选》中对谢灵运的评价探究[J].牡丹江师范学院学报(哲学社会科学版),2014(6).

48. 韦茂斌,刘桂鑫.诗歌法则的批判与重建——论王夫之的《古诗评选》[J].钦州学院学报,2014(3).

49. 付定裕.王夫之论“五言古诗之矩矱”——兼论王夫之对李攀龙“唐无五言古诗”说的接受与批评[J].中国韵文学刊,2016(4).

50. 景献力.从《五言古诗选》到《唐贤三昧集》——谈王士祯“神韵说”[J].长春师范学院学报,2007(11).

51. 蒋寅.王夫之对诗歌本质特征的独特诠释[J].文学遗产.2011(4).

52. 蒋寅.略论王夫之的文本有机结构观[J].文学评论.2011(3).

53. 蒋寅.王夫之的诗歌评选与唐诗观[J].文学与文化.2011(2).

54. 蒋寅.王夫之诗论的批判性、独创性与诗歌批评的缺陷

[J]. 中国文化研究. 2011(1).

55. 蒋寅. 王夫之对情景关系的意象化诠释[J]. 社会科学战线. 2011(1).

56. 蒋寅. 古典诗歌传统最后的整体重塑——沈德潜历代诗选的诗学史意义[J]. 求索,2016(8).

57. 蒋寅. 一代有一代之文学——关于文学繁荣问题的思考[J]. 文学遗产,1994(5).

58. 蒋寅. 清代诗学研究之我见[J]. 苏州大学学报. 2005(3).

59. 蒋寅. 雁过留痕——我在文学所的学术踪迹[J]. 古代文学前沿与评论,2020(1).

60. 蒋寅. 在中国发现批评史——清代诗学研究与中国文学理论、批评传统的再认识[J]. 文艺研究. 2017(10).

61. 蒋寅. 翁方纲对王渔洋诗学的接受与扬弃[J]. 北京大学学报(哲学社会科学版),2017,54(4).

62. 蒋寅. 王渔洋“神韵”的审美内涵及艺术精神[J]. 中国社会科学,2012(3).

63. 蒋寅. 新见的一种记载王渔洋暮年事迹的重要史料——读王士骊《幔亭公漫录》札记[J]. 中国典籍与文化,2012(1).

64. 蒋寅. 论王渔洋悼亡诗[J]. 苏州大学学报(哲学社会科学版),2010,31(4).

65. 蒋寅. 王渔洋“神韵”概念溯源[J]. 北京大学学报(哲学

社会科学版),2009,46(2).

66. 蒋寅.王渔洋与赵秋谷的关系及诗学之分歧[J].太原师范学院学报(社会科学版),2003(2).

67. 蒋寅.《唐贤三昧集》与王渔洋诗学[C].中国唐代文学学会.中国唐代文学学会第十届年会暨国际学术研讨会论文集,2002:822—835.

68. 蒋寅.进入"过程"的文学史研究——《王渔洋与康熙诗坛》导论[J].山西大学师范学院学报,2001(1).

69. 蒋寅.王渔洋的藏书和文学批评的关系[J].古典文学知识,1999(5).

70. 蒋寅.王渔洋与清初宋诗风之兴替[J].文学遗产,1999(3).

71. 蒋寅.古诗声调论的萌生[J].古典文学知识,1996(4).

72. 蒋寅.钱锺书清代诗学评论刍议[J].复旦学报(社会科学版),2020,62(2).

73. 蒋寅.袁枚诗学的历史意义及对清代诗学的影响[J].古典文学知识,2017(3).

74. 蒋寅.虞山二冯诗学的宗尚、特征与历史地位[J].北京师范大学学报(社会科学版),2008(4).

75. 蒋寅.论清代诗学的学术史特征[J].南京师范大学文学院学报,2003(4).

76. 蒋寅.关于清代诗学史的研究方法[J].江苏行政学院学报,2003(4).

77. 蒋寅. 清代诗学与地域文学传统的建构[J]. 中国社会科学,2003(5).

78. 蒋寅. 研究清代诗学的一点体会[J]. 古典文学知识,2003(1).

79. 蒋寅. 黄培芳与粤东诗学的发轫[J]. 中山大学学报(社会科学版),2020,60(1).

80. 蒋寅. 乾隆朝诗学研究引论[J]. 古代文学前沿与评论,2019(1).

81. 蒋寅. 王士祯、叶燮与乾隆诗学的逻辑起点[J]. 中南大学学报(社会科学版),2019,25(3).

82. 蒋寅. 沈德潜诗学的渊源、发展及命名[J]. 苏州大学学报(哲学社会科学版),2016,37(3).

83. 蒋寅. 海内论诗有正宗姬传身在最高峰——姚鼐诗学品格与渊源刍论[J]. 文艺理论研究,2015,35(5).

84. 蒋寅. 袁枚性灵诗学的解构倾向[J]. 文学评论,2013(2).

85. 蒋寅."神韵"与"性灵"的消长——康、乾之际诗学观念嬗变之迹[J]. 北京大学学报(哲学社会科学版),2012,49(3).

86. 蒋寅. 拟与避:古典诗歌文本的互文性问题[J]. 文史哲,2012(1).

87. 蒋寅. 赵执信与清初诗学之终结[J]. 华中师范大学学报(人文社会科学版),2011,50(6).

88. 蒋寅. 清代诗法类著作叙录[J]. 古籍研究,2004(1).

89. 蒋寅.王士祯与江南遗民诗人群[J].北京大学学报(哲学社会科学版),2005(5).

90. 蒋寅.袁枚之出世——乾隆朝诗学思潮消长的一个浮标[J].华南师范大学学报(社会科学版),2020(5).

91. 蒋寅.论中国古典诗学中的“厚”[J].北京大学学报(哲学社会科学版),2019,56(1).

92. 蒋寅.“涩”作为诗学概念的意味[J].江海学刊,2018(5).

93. 蒋寅.袁枚诗学的历史意义及对清代诗学的影响[J].古典文学知识,2017(3).

94. 蒋寅.纪昀的诗学品格及其核心理念再检讨[J].文艺研究,2015(10).

95. 蒋寅.清初李因笃诗学新论[J].南京师大学报(社会科学版),2003(1).

96. 邓成林.从明清古诗选本看江淹、鲍照文学史地位之变化[J].安阳师范学院学报,2015(6).

97. 郝青霄.论沈德潜对汉代诗歌的接受[J].辽宁教育行政学院学报,2018(4).

98. 王玉媛.论嘉道年间的吴门后七子[J].合肥师范学院学报,2018(4).

99. 侯荣川.日本所编清人诗歌总集叙录[J].玉林师范学院学报,2018(3).

100. 王玉媛.清代中期诗人王豫及其所选《群雅集》[J].古

典文学知识,2018(3).

101. 林春虹.沈德潜佚序辑考[J].文献,2018(2).

102. 蓝青.沈德潜佚序辑考[J].古籍整理研究学刊,2019(4).

103. 陆平.沈德潜拟乐府诗论略[J].乐府学,2017(2).

104. 杨齐.从王鸣盛与吴镇的交游看嘉道诗学的发展方向[J].海南大学学报,2016(6).

105. 阳晓.沈德潜格调说研究述评[J].成都大学学报(社会科学版),2016(6).

106. 朱泽宝.沈德潜佚文辑存[J].南京师范大学文学院学报,2017(3).

107. 蓝青.沈德潜佚文辑考[J].古籍整理研究学刊,2021(2).

108. 王玉媛.沈德潜佚文辑补[J].集美大学学报(哲学社会科学版),2020(2).

109. 詹福瑞.王尧衢《古唐诗合解》与叶燮的文学思想[J].古代文学理论研究,2001(19).

110. 李祥伟."辞达"新解——论金圣叹的诗学理论[J].文艺理论研究,2009(4).

111. 徐有富.论金圣叹对诗的解析[J].南通大学学报(社会科学版),2006(3).

112. 吴怀东,马玉.湖湘政治群体之崛起与湖湘区域文化之自觉——论王闿运对汉魏六朝诗派之建构[J].学术界,2017

(4).

113. 孙海洋，黄世民. 论王闿运《八代诗选》[J]. 湖南大学学报(社会科学版)，2009(2).

114. 武晔卿. 李因笃《汉诗音注》研究[J]. 中国韵文学刊，2015(2).

115. 章蜜.《汉诗音注》注音体例研究[J]. 文教资料，2011(36).

116. 高春艳. 论李因笃的诗歌创作[J]. 西北大学学报(哲学社会科学版)，2007(4).

117. 汪雯雯. 从选本形态论曾国藩《十八家诗钞》的诗学观念——以分类体例和诗歌评点为中心[J]. 湖南人文科技学院学报，2016(2).

118. 林柳生，黄茜. 曾国藩《十八家诗钞》研究述评[J]. 南昌教育学院学报，2010(6).

119. 冯蒴.《十八家诗钞》与曾国藩授诗活动关系考辨[J]. 荆楚学刊，2023(6).

120. 程彦霞，邵利勤. 试析王闿运与曾国藩诗学思想之异同[J]. 浙江工业大学学报(社会科学版)，2012(2).

121. 王顺贵. 晚清名臣曾国藩与张之洞诗学研究三题[J]. 宁夏大学学报(人文社会科学版)，2010(2).

122. 张树国.《汉铙歌十八曲》集释[J]. 乐府学，2016(2).

123. 顾国瑞.《诗比兴笺》作者考辨——兼谈北大图书馆藏邓之诚题跋“《诗比兴笺》原稿”[J]. 北京大学学报(哲学社会科

学版),1996(3).

124. 王辉斌. 陈沆与乐府诗比兴笺释[J]. 贵州师范大学学报,2014(5).

125. 张建伟,盛寅.《诗比兴笺》陶渊明诗注评议[J]. 天中学刊,2014(1).

126. 吴怀东,马玉. 魏源著《诗比兴笺》补证[J]. 淮南师范学院学报,2013(1).

127. 唐飞凤,黄建军. 从《诗比兴笺》看魏源的人格之美[J]. 邵阳学院学报(社会科学版),2016(3).

128. 唐飞凤,黄建军. 魏源《诗比兴笺》稿本与刻本之比较[J]. 邵阳学院学报(社会科学版),2015(5).

129. 黄建军. 论魏源《诗比兴笺》的诗学阐释范式[J]. 求索,2015(7).

130. 曾凤凰.《诗比兴笺》对《汉铙歌句解》的继承与批判[J]. 重庆科技学院学报(社会科学版),2014(9).

131. 张建伟,盛寅.《诗比兴笺》陶渊明诗注评议[J],天中学刊,2014(1).

132. 马玉.《诗比兴笺》与古典诗学的近代转型[J]. 淮南师范学院学报,2014(1).

133. 吴怀东,马玉. 魏源诗学思想与湖湘地域文化——以《诗古微》、《诗比兴笺》为论述中心[J]. 安徽农业大学学报(社会科学版),2013(1).

134. 吴怀东,马玉.《诗比兴笺》诗学思想与嘉、道之际学术思潮[J].皖西学院学报,2012(6).

135. 龙钢华.魏源《诗比兴笺序》中的文艺担当意识及其当代意义[J].求索,2011(5).

136. 夏剑钦.《诗比兴笺》作者归属问题补证[J].中华文史论丛,2006(1).

137. 夏剑钦.《诗比兴笺》确系魏源所著[J].中国韵文学刊,2004(4).

138. 王辉斌.顾有孝与乐府诗笺评[J].重庆师范大学学报(哲学社会科学版),2014(4).

139. 孙艳庆.闻人倓《古诗笺》正误一则[J].太原大学学报,2011(2).

140. 马玉.吴汝纶与桐城派在清末民初的演变——以《汉魏六朝百三家集选》及其刊刻为考察中心[J].湖南大学学报(社会科学版),2015(4).

141. 梁燕.张琦《宛邻书屋古诗录》的批评特色[J].淮北职业技术学院学报,2012(1).

142. 施新.试论胡凤丹父子的文献学成就[J].社会科学战线,2011(1).

143. 李广柏.清初诗人卓尔堪[J].文学遗产,1985(1).

144. 高磊.清代宋诗选本的四种类型[J].宁波工程学院学报,2017(4).

145. 高磊.姚培谦诗教刍议[J].西华大学学报(哲学社会科学版),2016(5).

146. 高磊.姚培谦家世生平考论[J].宁波工程学院学报，2015(2).

147. 王利民.李兆元家世和生平考[J].南通师专学报(社会科学版),1998(2).

148. 张树国.汉铙歌六首清人注疏考证[J].乐府学.2009(1).

149. 王辉斌.朱乾《乐府正义》与乐府诗批评[J].聊城大学学报(社会科学版),2017(1).

150. 万紫燕.论《乐府正义》之释与评[J].贵州师范学院学报,2019,35(8).

151. 张建雄.论明清乐府诗批评的经学化现象[J].乐府学，2018(2).

152. 徐静.朱乾《乐府正义》题解浅论[J].乐府学,2016(1).

153. 徐静.朱乾《乐府正义》收录曲辞考述[J].乐府学,2014(2).

154. 李雨恒.清朱乾《乐府正义》声义观研究[J].贵阳师范学院学报(社会科学版),2013,8(6)

155. 李雨恒.朱乾《乐府正义》论略[J].名作欣赏,2013(30).

156. 柴天骐,王福利.朱乾《乐府正义》的理学渊源与宋学立场[J].江海学刊,2022(6).

157. 陈斌,林新萍.清初诗人费锡璜简谱[J].古籍研究，2017(1).

158. 郑家治. 费锡璜诗学思想初探[J]. 蜀学,2011(2).

159. 杜春雷. 费锡璜集外文辑补[J]. 儒藏论坛,2019(2).

160. 曹方林. 费锡璜及其诗[J]. 成都师专学报,1992(1).

161. 郭青林. 方东树《昭昧詹言》的研诗路径与诗学成就[J]. 北方论丛,2017(4).

162. 程蒙. 方东树《书林扬觯》论[J]. 安庆师范大学学报(社会科学版),2023,42(5).

163. 郭青林. 方东树《昭昧詹言》的理论体系述论[J]. 中国韵文学刊,中国韵文学刊. 2016,30(4).

164. 郭青林. 方东树诗歌史论的诠释模式与批评形态[J]. 贵州文史丛刊,2017(1).

165. 郭青林. 方东树"诗文一理"说与其诗歌体用论[J]. 安庆师范学院学报(社会科学版),2014,33(6).

166. 余祖坤. 被低估的桐城派古文家方东树——基于《考槃集文录》及其所附自记、自评的讨论[J]. 学术界,2023(5).

167. 叶当前. 清代诗话视野下的桐城派诗话[J]. 安庆师范大学学报(社会科学版). 2023,42(1)

168. 肖城城. 方东树《昭昧詹言》评白乐天述论[J]. 安庆师范大学学报(社会科学版),2023,42(1).

169. 韩清玉,黄长明. 论宗白华美学思想与方东树"气"论的互文关系[J]. 首都师范大学学报(社会科学版),2022(2).

170. 张月. 论方东树"以文论诗"之独特价值[J]. 内蒙古大学学报(哲学社会科学版),2022,54(2).

171. 张月. 方东树"以文法评陶诗"价值新探[J]. 古代文学理论研究,2021(2).

172. 潘务正. 桐城派"诗文一理"论[J]. 文艺理论研究,2021,41(5).

173. 陈晓红. 论方东树的诗学取向[J]. 散文百家(理论),2021(7).

174. 杨明. 文法高妙天衣无缝——方东树评汉代古诗[J]. 江西师范大学学报(哲学社会科学版),2020,53(4).

175. 刘文龙. 方东树《昭昧詹言》与桐城诗派[J]. 古代文学理论研究,2020(1).

176. 袁泽宇. 以"桐城文法"评诗:论方东树《昭昧詹言》的诗学理论渊源[J]. 开封教育学院学报,2019,39(8).

177. 苏明珠. 方东树"援诗入文"的古文创作方法——以《昭昧詹言》为例[J]. 大观(论坛),2019(9).

178. 王玉林. 老成深重:谢灵运诗歌风格与方东树诗学的视界融合[J]. 安康学院学报,2018,30(6).

179. 李剑锋. 论方东树从古文义法对学习陶诗途径的揭示[J]. 铜仁学院学报,2018,20(1).

180. 吴强. "求与古人似"——论方东树诗学复古思想[J]. 哈尔滨师范大学社会科学学报,2015,5(1).

181. 史哲文,许总. 论方东树对沈德潜诗论的继承与改造[J]. 学术界,2014(2).

182. 高政锐. 方东树《昭昧詹言》论《古诗十九首》简评[J].

大庆师范学院学报,2007(6).

183. 汪春泓.朱绪曾《〈玉台新咏〉与〈文选〉考异》小笺[J].东吴学术,2018(5).

184. 刘枚.朱绪曾家世生平著述述略[J].江苏教育学院学报(社会科学版),2007(5).

185. 卓越.论朱绪曾的文献学成就——以《开有益斋读书志》为例[J].东南文化,2007(4).

186. 杨森旺.修正与批判:明末清初王世贞汉魏诗学观的接受——以胡应麟、许学夷、王夫之为例[J].惠州学院学报,2019,39(1).

187. 解国旺.论明代古诗选本在中国古代文学批评史上的地位[J].电影评介,2007(2).

188. 解国旺.明代古诗选本的古代文学批评价值[J].前沿,2011(16).

189. 辛鹏宇.宫体诗与佛教诗——理解南朝诗歌的两个维度[J].中国文化研究,2022(4).

190. 徐世民."宫体诗"与佛教关系新证[J].文艺评论,2015(10).

191. 杨秋萍,温志拔.论南朝佛教与宫体诗[J].常州工学院学报(社科版),2019(1).

192. 吴从祥.论佛教对梁代宫体诗的影响[J].绥化学院学报,2007(2).

193. 宋煜.浅析佛教思想在宫体诗新变中的作用[J].佳木

斯教育学院学报,2012(3).

194. 归青.佛教与宫体诗关系新探[J].学术月刊,2008(7).

195. 吴礼权.先秦两汉诗赋列锦结构模式及其审美特点[J].宜春学院学报,2014(4).

196. 葛晓音.早期七言的体式特征和生成原理——兼论汉魏七言诗发展滞后的原因[J].中国社会科学,2007(3).

197. 李伯重.简论"江南地区"的界定[J].中国社会经济史研究,1991(1).

198. 樊宝英.选本批评与古人的文学史观念[J].文学评论,2005(2).

199. 梁尔涛.明末清初中州诗坛格局与诗学主潮[J].天中学刊,2022,37(1).

200. 马积高.论宫体与佛教[J].求索,1990(06).

2. 学位论文

1. 孙笑娟.萧齐至梁初文学演变研究[D].保定:河北大学,2023.

2. 傅宝龙.清初谢灵运诗歌批评研究——以陈祚明、王夫之、吴淇为例[D].福州:福建师范大学,2015.

3. 周丽君.王尧衢《古诗解》研究[D].石家庄:河北师范大学,2020.

4. 毋军保.吴淇《六朝选诗定论》诗学观研究[D].桂林:广西师范大学,2023.

5. 王沁蕊. 吴淇《六朝选诗定论》研究[D]. 安庆：安庆师范大学，2023.

6. 张丽娴. 吴淇《六朝选诗定论》批评方法研究[D]. 无锡：江南大学，2017.

7. 韩志. 吴淇《六朝选诗定论》研究[D]. 芜湖：安徽师范大学，2010.

8. 施丹春. 陈祚明《采菽堂古诗选》批评思想与方法研究[D]. 西安：陕西师范大学，2016.

9. 党为. 近三十年来的美国清史研究：以新清史为线索[D]. 上海：华东师范大学，2010.

10. 王冠玉. 吴淇《六朝选诗定论》研究[D]. 上海：华东师范大学，2016.

11. 景献力. 明清古诗选本个案研究[D]. 福州：福建师范大学，2005.

12. 彭煌，喻几凡. 佛教思想对齐梁诗歌的浸润[D]. 湘潭：湘潭大学，2013.

13. 冯淑静.《文选》诠释研究[D]. 济南：山东大学，2006.

14. 王恩静.《三十家诗钞》研究[D]. 安庆：安庆师范大学，2023.

15. 姚世平. 曹植诗歌清代接受研究——以诗话及选本为中心[D]. 保定：河北大学，2023.

16. 周晓琴. 谢灵运诗歌清代接受研究——以清代诗话和古诗选本为中心[D]. 保定：河北大学，2021.

17. 高开艳. 陈祚明《采菽堂古诗选》之诗学理论与批评研究[D]. 太原:山西大学,2018.

18. 刘宁. 清代古诗选本选评庾信诗歌研究[D]. 开封:河南大学,2015.

19. 孔庆蓉. 汉代诗歌研究史论(汉—清)[D]. 西安:陕西师范大学,2019.

20. 李文辉. 清代古诗选本选评鲍照诗歌研究[D]. 开封:河南大学,2020.

21. 王丽君. 鲍照谢灵运诗歌清代接受研究[D]. 保定:河北大学,2021.

22. 程彦霞. 王闿运选批唐诗研究[D]. 上海:上海师范大学,2009.

23. 张中秋.《古诗赏析》研究[D]. 开封:河南大学,2009.

24. 黄世民. 论王闿运《八代诗选》及其批注[D]. 长沙:湖南大学,2007.

25. 曾毅. 西晋诗歌批评史研究[D]. 成都:四川师范大学,2010.

26. 董凤凤.《尚书·周书》文体研究[D]. 兰州:西北师范大学,2023.

27. 代亮. 曾国藩诗文思想研究[D]. 天津:南开大学,2010.

28. 陈永辉. 中国古代文学批评的文体嬗变[D]. 武汉:武汉大学,2015.

29. 陈玉洁. 汉代镜铭文研究[D]. 漳州:闽南师范大

学,2022.

30. 解国旺.明代古诗选本研究[D].开封:河南大学,2007.

31. 樊崎杉.《文心雕龙》奏议类文体批评研究[D].沈阳:辽宁大学,2022.

32. 郭鹤威.《文体明辨》研究[D].济南:山东大学,2023.

33. 张敬雅.清代唐诗总集序跋研究[D].上海:上海师范大学,2016.

34. 郭世洁.魏晋家书研究[D].咸阳:西藏民族大学,2022.

35. 李锋.中国古代文体学的本体论研究[D].武汉:武汉大学,2018.

36. 尹玲玲.清人选明诗总集研究[D].苏州:苏州大学,2012.

37. 吕红光.先秦汉魏晋南北朝文体观的生成与发展[D].杭州:浙江大学,2012.

38. 王兵.清人选清诗与清代诗学[D].北京:北京语言大学,2009.

39. 刘玉珺.先唐铭文研究[D].桂林:广西师范大学,2003.

40. 马建智.中国古代文体分类理论研究[D].成都:四川大学,2006.

41. 吕逸新.汉代文体问题研究[D].济南:山东师范大学,2009.

42. 马臻.三国两晋家书研究[D].兰州:西北师范大学,2014.

43. 谭靖娟. 汉魏六朝家书研究[D]. 长沙:湖南师范大学,2014.

44. 许婷婷.《文心雕龙·章表》研究[D]. 北京:中国传媒大学,2023.

45. 尹雪珂. 先秦祝文文体研究[D]. 曲阜:曲阜师范大学,2023.

46. 余凤. 汉代"铭"体文学研究[D]. 武汉:中南民族大学,2009.

47. 邓心强. 魏晋南北朝批评主体研究[D]. 武汉:武汉大学,2015.

48. 钟美玲. 论方东树的六朝诗观[D]. 泉州:华侨大学,2016.

49. 龚翊昕. 清代《古诗十九首》批评之研究[D]. 南昌:南昌大学,2015.

50. 梁创荣. 方东树《昭昧詹言》中古诗歌批评研究[D]. 广州:暨南大学,2014.

51. 林新萍. 清初诗人费锡璜研究[D]. 福州:福建师范大学,2016.

52. 李根. 清代诗学意象观研究[D]. 上海:华东师范大学,2021.

53. 钱琎. 费锡璜诗歌及诗学批评研究[D]. 南京:南京师范大学,2018.

54. 龚悦. 清代前中期阮籍诗歌接受研究[D]. 无锡:江南大

学，2023.

55. 翟嘉伟. 格调诗说在晚明清初的演变[D]. 石家庄：河北师范大学，2023.

56. 邓诗钰. 王士祯诗文集序跋研究[D]. 武汉：湖北大学，2023.

57. 高立文. 叶燮《原诗》经典化研究[D]. 济南：济南大学，2023.

58. 黄世民. 论王闿运《八代诗选》及其批注[D]. 长沙：湖南大学，2007.

59. 章蜜. 李因笃《汉诗音注》和《古今韵考》研究[D]. 南京：南京师范大学，2012.

60. 马玉.《诗比兴笺》考论[D]. 合肥：安徽大学，2013.

61. 柯柏琴.《诗比兴笺》研究三题[D]. 南昌：江西师范大学，2017.

62. 李文. 清代乐府诗学研究[D]. 苏州：苏州大学，2019.

63. 杨贵环. 曹植文学的批评史略[D]. 扬州：扬州大学，2010.

四、海外文献

1. [美]狄百瑞；黄水婴译. 儒家的困境[M]. 北京：北京大学出版社，2009.

2. [美]宇文所安；陈小亮译. 中国传统诗歌与诗学：世界的

征象[M]. 北京:中国社会科学出版社,2013.

3.[美]宇文所安;郑学勤译. 追忆——中国古典文学中的往事再现[M]. 北京:生活·读书·新知三联书店,2004.

4.[美]宇文所安;胡秋蕾等译. 中国早期古典诗歌的生成[M]. 北京:生活·读书·新知三联书店,2014.

5.[美]宇文所安;陈引驰等译. 中国“中世纪”的终结:中唐文学文化论集[M]. 北京:生活·读书·新知三联书店,2014.

6.[美]黄仁宇. 中国大历史[M]. 北京:生活·读书·新知三联书店,1997.

7.[美]黄仁宇. 赫逊河畔谈中国历史[M]. 北京:生活·读书·新知三联书店,1997.

8.[美]孙康宜,[美]宇文所安主编;刘倩等译. 剑桥中国文学史[M]. 北京:生活·读书·新知三联书店,2013.

9.[日]浅见洋二;金程宇,[日]冈田千穗译. 距离与想象——中国诗学的唐宋转型[M]. 上海:上海古籍出版社,2005.

10.[波斯]拉施特主编;余大均,周建奇译. 史集[M]. 北京:商务印书馆,2009.

11.[英]李约瑟;何兆武等译. 中国科学技术史[M]. 北京:科学出版社;上海:上海古籍出版社,1990.

12.[法]谢和耐;黄建华,黄迅余译. 中国社会史[M]. 南京:江苏人民出版社,2014.

13.[美]伊佩霞;赵世瑜等译. 剑桥插图中国史[M]. 济南:山东画报出版社,2001.

14.［德］侯思孟.中国上古与中古早期的山水欣赏：山水诗的产生［M］.新竹：台湾清华大学出版社，1996.

15.［美］蔡宗齐.语法与诗境：汉诗艺术之破析［M］.北京：中华书局，2021.

16.［美］蔡宗齐.采石与攻玉：蔡宗齐自选集［M］.南京：南京大学出版社.2022.

17.［美］蔡宗齐.如何阅读中国诗歌：诗歌文化［M］.北京：生活·读书·新知三联书店.2023.

18.［美］蔡宗齐.汉魏晋五言诗的演变：四种诗歌模式与自我呈现［M］.北京：北京大学出版社，2015.

19.［美］田安；卞东波，刘杰，郑萧萧译.知我者［M］.上海：中西书局，2020.

20.［美］谭凯；胡耀飞，谢宇荣译.中古中国门阀大族的消亡［M］.北京：社会科学文献出版社，2017.

后　记

历经时日，终于完成了这部关于清代古诗选本概述的写作。回首来路，心中充满感慨与感激。我想借此后记，回顾研究历程，以表达对各方支持的诚挚谢意，分享一些个人感悟，并对未来的学术之路作出展望。

清代古诗选本的研究，是我博士论文的选题。我的导师戴建业老师在诗学研究上很有建树，博一那年的课程，很多是围绕诗学进行的，不知不觉中跟着老师读了很多诗学专著以及诗歌注本。其中有戴老师研究陶渊明的书——《澄明之境——陶渊明新论》。在这本书里，戴老师以存在主义哲学思想来解构陶渊明，研究陶渊明生平和诗境。这种新颖的研究方式令我大受震撼，对陶渊明也有了新的认识。因为这本书，我接下来又读了不少与陶渊明其人其诗相关的书，印象深刻的还有古直的《重定陶渊明诗笺》；又因为陶渊明，我爱上了魏晋南北朝的历史和文学，爱上了汉魏诗风。所以，最终定下了这个选题。

于是我开始搜集资料，为学术研究做准备。长达一年的时间里，我深深沉浸于清代古诗选本的浩瀚海洋中。从最初的数据收集、选本梳理，到深入研究、理论构建，再到反复修订、成文定稿，每一个环节都凝结着我对清代诗歌选本的探索热情与学术执着。在此期间，我有幸接触到众多清代文人学者精心编纂的古诗选本，如《采菽堂古诗选》《十八家诗钞》《古诗源》等，这些选本不仅展现了清代诗歌的繁荣景象，也揭示了当时诗学观念的流变与诗学批评的特色。

在研究过程中，我尤为关注清代选家的选诗标准、编纂理念、批评方法，以及选本对诗学发展、诗人地位、诗歌传播的影响。通过分析大量文本，我发现清代古诗选本呈现出兼容并蓄、推陈出新的特点，既继承了前代选诗传统，又反映出时代审美变迁。同时，我也注意到清代选家在选诗时对地域、流派、风格等因素的考量，以及他们在编纂过程中对诗学理论的自觉建构与实践。

然而，研究过程中也遇到了一些挑战。清代古诗选本数量庞大，版本繁多，资料搜集与整理工作耗时费力。此外，如何在有限的篇幅内准确把握清代诗歌选本的整体风貌与细微变化，如何提炼出具有普遍意义的学术观点，都是我在研究过程中不断思索与尝试解决的问题。尽管如此，每一次困难的克服都使我收获了更为深入的理解与洞察，也使我对清代古诗选本的研究更具信心与决心。

比较遗憾的是，我的古典文学素养不够，文献基础薄弱，才气也不够，写作过程中，时常感觉到搜索枯肠却无话可说，实在是力有不逮，所以最终的成书也是非常不尽如人意。因此，尽管本研究已经告一段落,但对清代古诗选本的研究远未止步。未来,我希望能进一步拓展研究领域,如对清代女性选家的诗选进行专门研究,探讨其性别视角下的诗歌审美与诗学观念;同时,利用数字人文技术,构建清代古诗选本数据库,以实现更精细化、动态化的选本研究。此外,我还计划将清代古诗选本研究与诗学史、文化史等多学科视角相结合,以期揭示清代诗歌选本在文学传统与文化变迁中的复杂角色与多元价值。

我能够完成这部书的写作,首先,我要感谢我的导师戴建业教授,您的严谨治学态度、深厚学术素养以及无私的指导与关怀,为我提供了坚实的学术支撑与精神动力。您的每一次悉心点拨,都让我豁然开朗,受益匪浅。

其次,我要感谢我的同学们,你们的无私帮助以及真诚建议,使我得以在学术道路上不断前行。感谢图书馆工作人员,是你们的热情服务与专业支持,使我能及时获取所需文献,顺利完成研究工作。

最后,我希望这部清代古诗选本研究能为学界同人提供参考,激发更多关于清代诗歌、选本文化以及诗学理论的深入探讨。同时,我也期待读者能从中感受到清代诗歌的魅力,领略清代选家的智慧,共同参与中国古典诗歌的传承与研究。

谨以此后记,致敬所有关心、支持清代古诗选本研究的人们,也为自己在学术探索路上的这一程画上圆满的句号,开启新的征程。